写给另一个自己

南 凯 著

图书在版编目（CIP）数据

写给另一个自己 / 南凯著 . -- 北京：中国文联出版社，2018. 12（2024. 6 重印）

ISBN 978 - 7 - 5190 - 4037 - 6

Ⅰ. ①写… Ⅱ. ①南… Ⅲ. ①杂文集—中国—当代 Ⅳ. ①I267. 1

中国版本图书馆 CIP 数据核字（2018）第 269381 号

著　　者　南　凯
责任编辑　周小丽
责任校对　李海慧
装帧设计　晓　攀

出版发行　中国文联出版社有限公司
地　　址　北京市朝阳区农展馆南里 10 号　　邮编　100125
电　　话　010 - 85923025（发行部）　　85923091（总编室）
经　　销　全国新华书店等
印　　刷　三河市华东印刷有限公司

开　　本　710 毫米×1000 毫米　　1/16
印　　张　15. 25
字　　数　201 千字
版　　次　2024 年 6 月第 1 版第 2 次印刷
定　　价　75. 00 元

另一个自己，
也是未来的自己，
更是未来的世界！

自 序

给书定名时，我有些犹豫。

我究竟是在给谁写信，究竟是谁在听我的絮絮叨叨？我确实不清楚。这个人可能是我的朋友，也可能只是一个陌生人，可能是过去的自己，也可能是将来的自己，或者是在某一个陌生的时间里，突然跳出的自己，也或许，是他们的集合。但无疑，他们都是与我相交的另一个自己。我理解他，他也理解我；我看不透他，他也看不透我。但我就是想，与他聊一聊，聊聊生活与兴趣，聊聊过去和未来！

本书中的文章，都是我大学本科时所写。有些是自己对于文化的认知，也有些是自己的生活经历以及闲处随想，信手拈来，不加雕琢。“大学是人生价值观形成的最重要阶段”，读大学之前，我并不理解这句话的神秘，而本科毕业后，不得不对这句话心悦诚服。书中的很多理解，或许浅显亦不成熟，付梓之际，我的部分观点其实也有所变化，但又觉得若对文章进行过多的修改，便丧失了价值观在初长成时不断探索、不断变化的过程意义，故而尽量地为其保持原汁原味，刻下一段淳朴的时光。这也恰如我所认可的——思想会改变，但探索新思想的目标与坚持，永远不会改变。

王袛老师颇具人格魅力，学识令人钦佩，这并非我一人之观点。本次王老师应邀代跋，我倍感荣幸！书信是一种非常有意义的交流方式，王老师的这封信，语言平实而又处处引人思考。他既是写给过去的自己，也是写给我和同门的兄弟姐妹，更是写给身边的青年朋友们。青年的世界，遍布着充满光荣与梦想的独属于青年人的异想天开与年少轻狂。这个世界最需要的，并非把可能变成可能，而是把不可能变成可能。这段路程会很艰辛，也必然荆棘满地，但这段路程，必是人生中一段浓墨重彩、五味杂陈的回忆。

与天地谈今古，对自己诉衷肠。看看过去，望望未来，为自己构建另一个世界，与另一个自己耐心地聊聊天，定然饶有趣味！

容纳、创新、坚持！

与君共勉！

目 录

2015

2016

2017

写给另一个自己 2015

写给我未来的妻子

亲爱的：

我不知道你会以什么样的身份看到这封信，是我的女朋友，是我的妻子，或是已经晋升为一名母亲。我也不知道你会在什么时候看到这封信，更不知道当你看到这封信的时候会是怎样的一种心情，是爱，是恨，是焦急，或是谅解。我只是希望，当你读完之后，能够体会到我对你的爱，能够原谅一些我曾经对你的伤害，能够对我们的未来充满希望！

经常会有大人开玩笑似的哄小男孩：“如果你能考一百分，我就给你娶个媳妇。”虽说是句玩笑话，但也能从侧面看出男孩子对妻子的需要。前些时候，父亲也曾打趣我：“当我像你这么大的时候，你都断奶了。”听起来确实挺有意思，而仔细想一想，多多少少也会令我有些期待。

很小的时候，我就幻想过，我未来的妻子会是什么样子？会很漂亮，会很可爱，笑起来两个小酒窝特别迷人，而且学习好，可以和我一起做作业。孩童时期的想象都是非常美好的，单纯，却很本能。

稍大一些，进入了恋爱的阶段。这个时候所想的或许就更多了，但有的时候可能也就不那么单纯了。甚至我都觉得，青春期的孩子，从来都是生理欲求带动着心理欲求，因为那时身体发育正快，而且对于爱情心里也没有什么思考，偶尔也会开一些非常邪恶的玩笑，满足一下内心浅浅的渴望。这并不是什么丢人的事情，也并不是什么好色的心态，只是一种正常的人生发展过程，没什么避讳的。

我曾经也有女朋友，每次看到一个心爱的姑娘，我也会幻想，如果这就是我未来的妻子，我们的生活将会多么幸福。我会努力学习，找个好工作，把她娶进门，会好好照顾她，生下我们的小孩，悉心呵护，看着他慢慢成长，这些将会是人生中必不可少的乐趣。

然而，那时的想法都很简单。现在回想起来，也不能说那些想法是错误的，应该说是非常美好的，甚至说，待我人生将尽时，可能脑中还会有当年的影像，可能也会偶尔想起当年我曾追过、爱过的姑娘。当然，我希望得到你的谅解。

人最大的烦恼，就是记性太好。

而现在的我，对未来的你，确实有着更多的理解。

一个有爱情滋味的男人，一定比一个不知道爱情是什么味道的男人更成熟，更有魅力，更有干一番事业的决心。因此，我非常认可在结婚之前，应该有几场轰轰烈烈的恋爱，而且最好是不以结婚为目的的恋爱。当然，如果真的遇到了合适的，早点为婚姻打算也是一个不错的选择，甚至是完美的，毕竟如今很多人的婚姻之间都没有爱情可言。

大学期间，我有过追求的女孩，也有过追求我的女孩，我很感谢她们，也很希望得到她们的原谅，特别是那些选择我的女孩。我感谢曾经有一段时间我们的生命中出现过一些交集，即使后来慢慢消失。不过，我最终选择了放弃。并不是放弃对爱情的渴望，而是放弃了一些近在手中的东西。那些姑娘很好，但是，我在期待着我的女神的出现，即使那一天会来得很晚，即使那一天最终也没有到来。

我希望我的女神是一个非常有修养、有气质的女孩。她会明白什么应该做，什么不应该做；她会明白她需要的是什么，放弃的是什么；她会明白什么叫作生活，什么叫作日子；她会明白什么叫作体谅，什么叫作争吵；她会明白她是我的她，我是她的他。她会顾家，会交际，会享受，会品味。我会非常自豪地向别人介绍："看，这就是我的妻子！"

我希望我的女神是一个多才多艺的女孩。我很喜欢艺术，我觉得艺术不仅仅是我，更应该是每一个人生活中不可缺少的一部分。如果缺少了艺术，生活将会枯燥无味。我喜欢读书，喜欢诗词，喜欢唱歌，所以，我也希望我的女神可以懂我，我也相信她会懂我。我做诗词，她用毛笔书写；我为她写歌，她为我伴奏；我用心点缀生活，她用画笔记录下生活中的每一刻。我们一起看书，一起品茶，一起享受午后静谧的咖啡。那样的生活，美极了！

我希望我的女神是一个孝顺父母、勤俭持家的女孩。"百善孝为先"，这句话在任何时代都不会过时。我们会一起孝顺父母，一起打造一个完美的家。结婚之后，她会和我以及我的家人一起生活，我也会经常带她回娘家，看望我的岳父岳母，我相信我的岳父岳母会是非常和蔼、非常善良的父母，他们是我们的榜样，我也会努力把"女婿就是半个儿子"这句话践行到底。我们会勤俭持家，这是中华民族最优秀的美德。我会努力工作，好好照顾她，她会悉心关怀整个家庭，创造一个温馨的港湾，给家人难以忘怀的依靠。

当然，这些都是一种非常理想的状态，真实的生活或许并不如我想象得这般美好。只是，我们需要有一个共同的方向，那是我们一起走过、也会继续走过的路。我希望，也相信，你会是我的女神，你比我想象得还要美好。但如果不是，也无所谓。

我其实对你并没有太高的要求。你希望在外面有自己的事业也好，或者做一个传统的贤妻良母也好，我都会尊重你的选择。我只是希望，每天早上我上班的时候，你可以亲手为我系上领带，送上一个甜甜的吻；每天晚上我工作到很累的时候，你能够为我削一个苹果，或是冲一杯咖啡，抑或泡一杯茶。这样的生活，足够了。

我不希望你为我承担什么，因为你愿意成为我的妻子，就是上天对我最大的恩赐。你带给我的幸福与满足，我愿用我一生最大的努力来偿还。

有的时候，我甚至也在想，也在担心，我是否能配得上你。我相信你是我认识到的最好的姑娘，我相信凭借你的聪明才智、修养品味，追求你的男孩远远不止我一个。我担心我是否会有值得你选择的地方，所以，我希望我可以变得更加优秀，让我可以配得上你。我希望你嫁给我，但是我不希望因为我的爱，而让你受到一点点的委屈。我相信，美好的生活是需要物质作保障的，而且，我不希望养家的责任落在你的肩上，因为我不忍。我希望用我最大的努力为你创造一个好的环境，让你像公主一样，快快乐乐地生活着。

你的身边有很多优秀的男孩，我相信他们也都是不错的选择。如果有一天，你真的选择他们，我也会非常尊重你。因为我爱你，我会用你所想要的方式去爱你，我会祝福你，祝你过上你想要的生活。即使等你们一起步入婚姻礼堂的时候，我也希望你会记得我为你做过的一切，对于我来说，那些都是值得的。

如果我的表白来得太晚了，我也希望你原谅我。我知道你身边的男孩子们会给你带来各种各样的满足感，每当此时此刻，我也会感到悲伤。我会有拼尽全力冲上去，推开一切人然后告诉你“我爱你”的冲动，但是我知道那不是你想要的方式。或许我缺少适当的表达，或许在你最需要的时候，我没有能够及时说出口，或许偶尔也会对你造成丝丝的伤害，但是即使有无心的伤害，那也是为了爱。我的爱可能会表现得很平淡，但是我相信你能够体会得到，因为那颗心，将是十分火热。

我想，我们可能没有太多的甜言蜜语，不需要一天到晚缠在一起。因为我知道，在人生中最艰难的时刻，我们共举一把伞，雨中并步前行。

我想，我可以为我的女神撑起一片天空！

亲爱的，我爱你！

2015年5月20日

情人节新解

亲爱的尚未谋面的自己：

今天我与你所谈的“情人节新解”，并非我的原创。这个“新解”，是高中班主任宋英民老师在一次班会中所讲的。那次班会主题是什么，我已经不记得，但是当时的这一“新解”令我以及我的高中同学们——印象颇深。

今天分享与你，容我慢慢道来！

《老残游记》最后一回，老残寄给黄人瑞一封信，信中只有一副对联：“愿天下有情人都成了眷属，是前生注定事莫错过姻缘。”这两句出自元代戏曲，且多为月老、媒人所用。这也应该是关于“有情人”的最有名的对联了吧！但是，“有情”只能是有爱情吗？情人节是恋人们过，还是“有情”的人都能过呢？

人之感情，大体上可分为三种：亲情、友情和爱情。三者没有孰重孰轻之分，亲情是孤独寂寞时的依靠，友情是勇闯天下时的分担，爱情是相依为命时的温暖。尽管三者在人生的不同阶段会有不同的分量，但是每一种情感都值得我们倍加珍惜、全心呵护。

亲情一直在你身边。每个人从出生的那一刻起，便与亲情永远地绑在了一起，任何人都无从选择，也不需要选择。而且，不管世界发生了什么变化，即使爱情崩塌，友情毁灭，亲情都会永远在我们的身边。但是，这三种感情最容易被忽略的又恰恰是亲情，因为它离我们太近，让我们感到太习以为常。就这样，很多东西在我们不经意间就溜走了，当我们回头想要抓住的时候，又显得太晚太晚。“子欲养而亲不待”的滋味，又岂是匆匆的我们现在能感受到的？

友情未必会一直在你身边，但当你需要的时候，它往往会立即出现。每个人都需要很多的好兄弟、好姐妹，一辈子朋友，度岁月长河，看明天继续。不同的阶段，不同的地点，我们会遇到不同的朋友。有的是生死之交，有的是闺蜜发小，有的是利益共生，有的是一面之缘，无论是怎样的朋友，只要你觉得这是值得你深交的朋友，就不要犹豫。记得在某部电影中看到过这样一句台词：“没有了女人，你还有兄弟；但没有了兄弟，你连女人都没有了。”这并非在说爱情与友情孰重孰轻，只是有些时候，友情有它独特的、难以替代的魅力，这才是友情的真谛。

爱情是在一定的年龄段才会有的，而且，它也是这个年龄段里最热衷、最敏感的话题。爱情是人生的一门必修课，但有的人成绩很好，有的人却难以及格。爱情不同于友情与亲情的地方就在于，不同的人对爱情有着不同的观点与需要，所以，爱情需要体会，需要慢慢经营。有人说：“人这一生会遇到四个人，第一个是爱你的人，第二个是你爱的人，第三个是相爱的人，第四个是结婚成家的人。奇怪的是，这四个人往往不是同一个人。”是的，爱情很奇妙，也最容易发生各种各样的转变。友情可以转换为爱情，爱情可以继续转换为亲情。但倘若经营得不好，也可能会逆转。所以，恋人之间、夫妻之间，善待对方最重要。此外，没有人会沉迷亲情与友情，但却常常有人沉迷于爱情。可见，经营得好，爱情会很美；经营得不好，爱情会很毒。

亲情、友情和爱情，在每一个人的心中都有不同的位置。但是，任何时候请不要忘记，这三种都是情，都是割不断、忘不掉、少不了的人生真情。我们每一个人自呱呱坠地到魂归黄土，其实也都是“有情人”。

未来的时间里，一年一度的情人节，你会和谁一起过？最有可能是恋人。不过，记得提醒一下自己，你还有亲情和友情。多拿出一些时间陪陪家人，找找朋友，所有的人都是值得感谢的人。只要经营得好，人生中的每一天，都是情人节！

在此，预祝熟悉而又陌生的你，也是熟悉而又陌生的我，情人节快乐！

来自永恒情人的问候

2015 年 6 月 10 日

写信的意义

亲爱的另一个自己：

写信，是现代人逐渐丢掉的一个非常古老的好习惯。

为什么“古老”？因为古时候，人与人之间信息交流的方式有限，即时性也很差，特别是两人相隔较远之时，想要彼此联系一下，必定要大费周折。一封信在路上，可能会经过很多人之手，而且要好长时间才能够送达，还不能排除信件丢失的风险。正因交流之不易，人们在沟通之时，必须要将所说的话用文字记录下来，而且也尽量在有限的空间里表达更多的思想。

为什么说这是一个“好习惯”？一方面，写信本身就是一个锻炼写作能力的过程，这也是任何写作方式都会存在的价值。另一方面，写信比其他写作方式更好的一点，就是写信往往能够通过较为平白甚至口语化的语言而表达出较为丰富而又完整的思想与理念。写信是为了让对方看懂，这是两个人交流的过程，因而不必使用过于深奥、书面性强的语言，也不必过分拘泥于逻辑、结构等方面的限制。我们现在读古人的信，感觉语言晦涩，很大程度上是由于时代不同，语言发生了较大的变化，但这并不意味着在当时的年代，信的语言也是艰深的、晦涩的。同时，信对于思想的表达是最真诚的，也是最直观的，写信人与收信人的关系往往较为密切，因而信中的内容实而不华，言之有大物，具有真情实感，即使是后人，也能够深切地感受到写信人在信中所传达的思想情感。

关键的是，为什么“现代人”容易丢掉这一个古老的好习惯？这与我们的现代交流方式有着很大的关系。现代的信息交流手段越来越多样化，人们已经不满足于当初具有跨时代意义的电报、电话交流，如今利用互联网科技，有了更为便捷的电子邮件、微信、视频通话等，这使得人与人之间交流的即时性有了极大的进步，基本上已经不存在时间上的间隔。而这种交流方式，也使得交流呈现碎片化的状态，即使是电子邮件也如此。人们不仅受益于现代化的信息交流方式，如今轻便化的交通，也使人们不必长篇累牍地写信，倘若实在是想念不已，大可乘火车、乘飞机与对方见面详谈，这不比写信来得更加实实在在？

因此，现代人丢掉写信的习惯，也就理所当然了。

然而，必须承认，写信的价值，让很多其他的交流方式难以取代。在写信的过程中，写作人的思想是完整的，是体系化的，这是碎片化、零散式信息所不具有的优点。古人讲“见字如面”，这也是信比电话、视频聊天等更易于表达情感的原因所在。同时，在如今相对浮躁的年代，写信已经成了一件非常奢侈的事情，故而对方在收到信件时，内心的愉悦以及对信件的珍惜，往往胜过其他交流方式，双方的情感在阅读之前就已经有了深层次的交流，读信之后，这感情也必然会更上一层楼。

所以我觉得，养成一个写信的习惯，特别是在如今这样一个通讯发达、交通迅捷的时代，是一件好事。从某种程度上讲，信在今天的价值，在社会复杂条件的反差之下，可能比在古代的价值更大。

这也是我选择写信给你的原因之一！

作为写信人，我当然希望收到你的回信。如果有的话，我会十分欢喜，也一定会倍加珍惜。但我知道这是一种奢望，因为我不知道你在哪里，甚至都不知道你是否能看到这些信。可我就是想写一写，期待着你真的能看到。

傅雷在给傅聪的家书中，有一段话，使我记忆犹新。在此，我将其摘录下来，分享给你，也作为对于你我共同的勉励：

“长篇累牍地给你写信，不是空唠叨，不是莫名其妙地gossip（说长道短），而是有好几种作用的。第一，我的确把你当作一个讨论艺术、讨论音乐的对手；第二，极想激出你一些年轻人的感想，让我做父亲的得些新鲜养料，同时也可以间接传布给别的青年；第三，借通信训练你的——不但是文笔，而尤其是你的思想；第四，我想时时刻刻，随处给你做个警钟，做面‘忠实的镜子’，不论在做人方面，在生活细节方面，在艺术修养方面，在演奏姿态方面。”

就把这一段话，当作今天的结尾吧！

翘起示复，顺祝夏祺！

祝安好！

与你尚未谋面的我

2015年7月17日

青砂器，一个你不知道的奇迹

亲爱的你：

经历了好多天的忙碌，这几天相对轻松了一些。

这个假期，一方面要完成我在天津市河北区人民法院的实习，另一方面还要带队前往张家口市蔚县进行大学生暑期社会实践调研。调研小组共有六名成员，我、宣臻、一珊、立稳、小宇和马邢。此外，我还找了一大批外援，有雅楠、黄坤、董宁、欣竹、佳鑫、佳伟、建伟、曹政等，组建了一个战斗力极强的写手团。有着如此强大的阵容支持，出征之前，我便已是信心满满！

你知道的，我对古老的中华文化有着深深的喜爱，这次载鹏老哥提供的乡土文化选题，也很合我的胃口。本次调研最初是想要多走访几个地点，把文化名城蔚县的剪纸、打树花、青砂器、拜灯山、逗火龙等都走访一遍，但由于目标过多、当地交通不太便利等因素，我们最终决定集中精力到剪纸、暖泉古镇和青砂器上。而最主要也令我们最为自豪的，当数对青砂器的调研。

现代社会的车轮在飞速地向前轮转，而历史上的辉煌，有时却只能成为飞轮下的印记，这是历史的宿命，也是时代的必然。青砂器，一个或许你不知道的奇迹，现在就面临着这样的境遇，在艰难中喘息，在喘息中没落。

本次走访的白河东村位于蔚县县城西部，青砂器就是白河东村的传统汉族手工艺产品，至今已有五百多年的历史。相传在明朝年间，一位在朝为官的蔚州（今为“蔚县”）人将此器皿进献至宫廷，该器皿备受赞誉，自此青砂器名满天下。明清以来，青砂器的主要用途就是在宫廷之中为皇帝、大臣们熬药，用青砂器熬制的中药无毒无害、药力倍增，因而颇受青睐。

青砂器不仅仅可以用来熬药，其用途相当广泛。据青砂器厂厂长、第四代非物质文化遗产代表性传承人王启杰老先生介绍，除了“自古熬药，必用砂壶”之外，青砂器还具有“砂壶烧水水好喝，砂壶热酒酒更香，砂锅熬粥色味美，砂锅炖肉香可口”的特点。而且，用青砂器煎熬食品、药品等，不变质，不变色，是任何铁、铜、铝、瓷等器皿所不能相比的。

青砂器的特点来源于它以当地独特的天然矿土和古老的技艺烧制而成，所以青砂器用以烹饪，大有防疾、少病、延年益寿之效，气味纯正，还有辅助烹调作料的作用。

1987 年，为证实蔚县青砂器的特殊性和卫生价值，县政协邀请中央地质矿产部岩矿测试技术研究所对成品进行了化验。化验结果表示：蔚县青砂器含有大量人体生活不可缺少的微量元素，如钡、镁、铝、锰、铁、铜、钙、钠、钴、硼、钾、锡、钛、硅等，上述成分均未超过国家标准，具有独特的纯净特点和营养卫生价值。

王老先生介绍，2006 年，央视农业频道《搜寻天下》栏目组为蔚县白河东村青砂器厂做了一期《蔚县青砂器》节目，保留下来了最珍贵的原始镜头资料。

蔚县青砂器能具有如此高的价值，甚至当年被皇宫视为珍品，很大程度上就在于它独特的制作工艺。

我们一行人在拜访青砂厂时，恰好有一位工人在龙道沟内捏制青砂器，工人热情地为我们讲述了青砂器的制作流程。青砂器的生产主要由两部分组成，一部分是捏制，另一部分是烧制。捏制共分为七个步骤，分别为：碾筛矸子土、和矸子泥、筛黄土、筛白土、揉矸子泥、捏制青砂器、晾晒坯子。烧制共有六个步骤，分别为：打笼盔、点火、装炉、看火、出炉、验质打包。

青砂器以当地特有的矸子土为原料，制作时，首先把坩土矿石粉碎取磨，煤烧焦粉碎取磨，然后按 3 ：1 的比例加水混合均匀成泥。接下来是踩泥（赤脚踩）踩时由起点一脚一脚紧挨着转圈踩，直至把块状泥全部踩碎，这样反复踩，一般要十五六遍。踩的次数越多，泥就越有韧劲，成品越结实。准备工作做好，便开始捏制坯子。工人们坐在龙道沟内，一边转动轮盘，一边敲打泥饼，进而用手捏制出不同的形状，用炉火烤制，并使用清水黏合。坯子制好后，拿到院外晾晒，直至完全晾干。

制坯工作结束后，便可以用笼盔烧制。由于前一天刚刚下过大雨，因而我们无缘亲眼看到烧制过程。工人介绍，每做够 500 个壶，便可以进行烧制，每天可以烧 10 次，一次能烧 50 个。烧时主要烧大件，小一点的都会塞到旮旯儿里，避免占用太多的空间。一般情况下，小的物件不会单独进行烧制，那样的话成本会提高很多。烧坯用明火，一人填煤窝，一人烤坯，火焰高达 1 米，烧至笼盔通红，才能取下笼盖，迅速拿出青砂器，放在铁锅下焐二到三分钟，再取出，这样的成品才会发亮。至此，青砂器制作完成。

如此的一套工序，繁杂而细致，方能成就青砂器这样的珍品。用王启杰老先生的话说：“看青砂器的制作，也是一种难得的艺术享受！”

时代是一匹飞驰的骏马，而马蹄下，却是无尽的沧桑。青砂器精湛的制作工艺和独特的卫生价值令我们惊叹，但青砂器当前的处境，也让我们哀伤不已。

王启杰老先生的卧室里存放着诸多青砂器的资料。资料显示，蔚县南留庄镇白河东村是青砂器的发源地。明清时期，也是青砂器发展的鼎盛时期，除白河东村之外，很多村子也开有青砂器厂，不同用途的青砂器远销北京、天津、河北、内蒙古、山东、辽宁等多个省、自治区、直辖市，在全国范围内拥有相当高的知名度。但如今，由于青砂器难以顺应时代的潮流，市场需求越来越小，仅剩白河东村一家青砂器厂，勉强营生。

一方面，青砂器本身难以适应市场的变化，工艺改进具有很大的难度。青砂器最主要、最知名的用途就是熬药，因而销量最大的产品也是中药锅。但是，随着时代的发展与现代科技的普及，现在熬药大多使用的都是电器设备，有的药店购进中药机器，将熬制、包装一体化，几十服药出来，只需要数十分钟的时间。而使用青砂器熬药，一服药就需要两个小时。尽管药效是机器熬药的两倍以上，但由于效率太低，且必须使用明火，因而在市场上，销路越来越窄。同时，由于青砂器是用特制的泥做成，外形不够美观，且独特的工艺要求使其无法进行机器化大生产，所以成本较高，加之无法上色，绘制图案困难，因而很难在现代化的市场上找到自己的一席之地。

另一方面，青砂器工人的工作压力大，收入却很低。青砂器的制作工人介绍，做一个普通的青砂壶，一个工人可以挣到两元钱，如果做坏了，工人要自己承担。一个熟练的工人，一天可以做 50 个壶，每个月下来，刨除烧制的时间，最多可以做 1500 个壶，也就是 3000 元的收入。而这，是青砂器工人的最高纪录，并且是在出错率极低、一个月不休息的情况下。工人每天工作的时间为早上 6 点到晚上 6 点，长达 12 小时，中午不休息，午饭吃点方便面，或者家人给送点饭，甚至有时候仅仅靠吃点地里摘下的蔬菜来勉强对付饥饿的肚子。工作期间还不敢马虎，一旦马虎，要么出错，要么效率降低，这些都直接影响着工人的收入。

除此之外，青砂器厂的工作环境也是相当恶劣。由于青砂器是用泥土制成，因而其生产环境很难得到改善。破旧的院子盖在村边的土坡上，院子里堆着煤山和土山，角落里扣放着几个烧制用的笼盔，台阶上摆满了方形的泥板以及晾晒的青砂坯子。工人们在屋内工作，屋里有一条龙道沟，可以同时坐四个人，但是走访期间，只有一位工人在开工，年纪五十上下。屋里摆满了捏好的壶，如叠罗汉一般上上下下好几层，走路稍不小心，就会碰到，一旦碰倒，工人们便前功尽弃。据介绍，夏天工作还好，一到冬天，工人们工作一会儿就要出去通风，因为屋内的一氧化碳实在太重，若不常出去通风，很快便会晕倒。

古老的手艺与现代的文明之间总有一条鸿沟，如果不能逾越，就会慢慢消失。

蔚县南留庄镇白河东村村民王启杰一家祖祖辈辈制作青砂器。王启杰和他的曾祖父王贞吉（1811—1892）、 祖父王丙润（1879—1951）、父亲王汝耀（1908—1988）祖孙四代都从事捏制、烧制青砂器民间传统手工艺，并且个个都是行家里手。王启杰是蔚县青砂器王氏家族的第四代传人，2012年被评为市级非物质文化遗产青砂器项目代表性传承人。

当被问及青砂器的传承问题时，王老先生的双眼里流露出凄凉的目光。王氏家族四代从事青砂器制作，而如今，第五代传人能否出现，依然是个未知数。“村里这么多人，谁愿意干这个？又脏、又累，还不赚钱。小伙子们要是干这个，在村里连个媳妇都娶不上。这手艺，可能真的就失传了！”王老先生口中这样讲，心里说不出的忧伤。

工人师傅说，青砂器的制作过程看上去很复杂，但是想要掌握却很容易，毕竟套路都是固定的，蹲在屋子里看两天，也能摸出点门道来。村里会这门手艺的人很多，但是都不来干，因为出去随便打点工，也比这个强。女孩子力气小没法学，男孩子年轻气盛，都想出去闯一闯，只有些实在走不出村子的老人才会来做这个。虽然申遗成功对青砂器的传承具有一定的促进作用，但是想要长久地发展下去，依然有一条十分艰难的路要走。

在时代的浪潮中，很多时候，历史就是一个过客。青砂器，曾经辉煌了数百年，如今却走向了落日归途。如果有一天，蔚县白河东村最后一家青砂器厂也凄凉谢幕，沉重的铁锁将大门无情地扣住。那锈迹斑斑的铁锁，或许曾经书写了时代的进步，但也锁住了历史，锁住了青砂器，一个你不知道的奇迹！

附：

暖泉古镇赋

燕赵之北，蔚县城西。暖泉古镇，历久弥新。梦忆及元，城门初露几许；壮于明清，奠定盛世业基。其水澄澄，泉源分流西东；三冬不冻，暖泉是以得名。东南西北，热情无二；春夏秋冬，暖泉如一。六巷贯通，镇南呼儿镇北；三堡连修，比邻亲如一家。有民宅寺院之风貌，多城堡戏楼等奇观。砖雕飞檐，士农工商，氤氲水汽，活色生香。洪武遗风，敬拜华严禅寺；明清神韵，文传西古城堡。北沙土丘，说法老君观台；细水汩汩，环抱暖泉书院。

蔚县社火，民俗永传瑰宝；古镇一绝，树花问鼎中原。有铜板铜片之原料，有铜壶铜锅之器皿。物华丰收，祈求来年风雨；驱魔镇怪，护佑家国一方。铜汁铁水，高温相熔，一鼓作气，勇破城墙。技如天助，力能扛鼎；目光火炬，浑身是胆。掌声雷动无休止，万花奔腾不夜天。李太白有言“炉火照天地，红星乱紫烟。赧郎明月夜，歌曲动寒川”。火树金花，千年四溅。今未得见，亦属憾焉！

美乎也哉！文明净土。罕哉古镇，暖泉水乡风貌；憾哉树花，无缘一睹奇绝。来日方长，树花不灭；千秋万载，流传后世。树花幸哉！古镇幸哉！民族幸哉！

青砂器赋

蔚州城西，白河村东；青砂名器，声扬外中。龙族儿女，华夏兴邦，先人智慧，后世遗芳。忆本究源，溯于明初，进贡朝堂，天下闻名。太医得之，药力倍增；中人得之，立功皇廷。人人与其锋芒，处处见其身影。受宠如斯，可见一斑。年华变迁，世事轮转，工艺相传，精益求精。应百姓之吁求，博众彩之华章，取前人之薪火，正来者之短长。物尽其用，人尽其光。悬篱笆之寻常，盛明清之铿锵。

问鼎须苦练，鳌头敢称王。出淤泥不染，遇烈火更强。矸土汇聚，划地成圈。筛碾往复，运泥坑塘。白黄随取，小炉生香。良工就绪，始得制坯。龙道沟下，各尽所长。立坯而起，妙手接装。指尖飞舞，砂嘴壶梁。安居阶下，晾晒成行。外干内燥，功半待装。笼盔满院，泥硬如礓。形重半百，圆口周长。鼓风兴火，名器炉装。高温攀日月，红光盖四方。掌杆笼盔，暗藏独门绝技；心领神会，练就火眼金睛。把柴挥烟，滴汗骤如雨下；挑声震耳，大功敬而告成。

美哉！温酒畅饮，沐浴其香；米花四绽，色味汤汤。煲煮烹饪，青砂首选；煎熬本草，祛病良方。体薄质坚，浓缩钙钠钾镁；工艺精湛，蕴藏铜铁锡硅。天然矿土，尽显青砂本色；匠心独运，益寿延年无疆。

嗟乎！月圆临缺日，花红有谢时。白云苍狗，世事无常。机械凌空，市场大行其道；手工初祖，独坐哀怨其伤。工艺难改，品相形容如一；作坊式微，举国不寻三两。蝇蝇利利，匆匆忙忙。哪得问津，薪火续扬？今古无人相守，上下难接青黄。一代天骄，明清高庙呈祥；传统工艺，而今竟成绝响。世纪飞轮，前途畅通无阻；岁月无情，钩沉史海茫茫。抑或广播流芳，抑或入土为乡，抑或精进工艺，抑或闲话沧桑。蔚州子民，其名犹可尚显；天地悠悠，后世敢闻其详？

幸乎也哉，青砂名器！呜呼也哉，青砂名器！

一个理性的疯子

2015 年 9 月 15 日

又及：

离开青砂厂之前，王启杰老先生还送给我一个青砂小瓶，可以用来温酒。尽管与当前市面上流行的温酒壶在外观上依旧难以媲美，但能明显地感受到青砂器对原有产品设计的突破。这个小瓶我会珍藏起来，也希望青砂器能够有越来越多的新作品，让这门手艺永不消逝！

2015 年 9 月 15 日

沙河藤牌阵

亲爱的另一个自己：

相信你也能感受到，有人的地方就有历史，有历史的地方就有非遗。

非物质文化遗产并非中国的特产，其他很多国家也有着各具风格的非遗，但中国的非遗无疑是体量最大、质量最高的。多年以前，我便对我国的非遗产生了浓厚的兴趣，但一直没有机会对其进行更多的了解。借着今年参加暑期社会实践的机会，我也有机会更多的接触这笔丰厚的国家遗产（前几天与你分享的《青砂器，一个你不知道的奇迹》可供参见一二）。

都说家花不如野花香，但有的时候，并非不知家花香，而是根本没有发觉这朵家花。沙河藤牌阵这朵“家花”，我也是最近才切实注意到。倘若我没记错，去年在沙河参加暑期社会实践之时，听正达父亲胡顺安伯伯提到过沙河城十里铺的藤牌阵，但当时未曾深究。今年调研时，又想起了此事，想起了这个深藏在家乡、被我近乎遗忘的国家级非物质文化遗产。

在“保护为主、抢救第一、合理利用、传承发展”的方针指导下，2006 年，中华人民共和国国务院批准了第一批国家级非物质文化遗产名录。一定程度上，这一批非遗代表着我国非遗的最高水准，沙河藤牌阵也因其独特的历史文化价值而名列其中，这也是迄今为止沙河市的唯一一项国家级非物质文化遗产。2007 年，八旬高龄的胡道正老先生也被评为沙河藤牌阵的代表性传承人。

藤牌阵本是一种非常古老的兵法实战技术，以其“进可攻、退可守”的攻防结合、阵法灵活多变的优势，深得冷兵器时代北方部族的青睐。藤牌阵的确切出现时间较难考证，但可以初步判断藤牌阵或者类似藤牌阵的作战阵法有着上千年的历史。沙河藤牌阵的起源说法不一，一种说法为，当年李自成兵败北京向南退却时，部分起义军逃到了沙河城镇十里铺村并定居于此，为了保护村民安全，起义军将其所掌握的藤牌阵传授给全村老小，以抵抗外来侵略。另一种说法为“闯王”兵败后，其手下女将柳一枝身负重伤，撤军途经十里铺时被村民唐吉收留，为表达感激，柳一枝以身相许，并将藤牌阵传于村民。村民心手相传，故而沙河藤牌阵得以保留，至今已有三百多年的历史。不过早年间，藤牌阵为秘密相传，因此外界对藤牌阵的秘诀、要义等知之甚少。

沙河市位于太行山以东，沙河藤牌阵所用的藤条也取自太行山，质地坚韧，身条极长。选取优质藤条后，将其反复浸泡，再套入画有虎头的生牛皮中，进而用藤环、胶带、横木等进行加固（制作工艺与《三国演义》中藤甲军的藤甲制作有些许表面上的相似）。现代表演所用的藤牌，与当年战争时所用藤牌有所不同，相对而言较为轻便。

战斗时，藤牌兵手持藤牌，同时配备腰刀、长矛等进攻性武器，从而一手防御，一手进攻。藤牌阵阵法多变，常见的一字长蛇阵、四门迷魂阵、八卦金锁阵等，均能在藤牌阵中得到完美的运用。同时，也正因藤牌阵攻守兼备、阵法灵活多变，其对阵法人员的要求也很高，阵法人员的力量、头脑、灵活性、组织纪律性等，都必须达到一定的水平，否则藤牌阵的威力便无法得到施展。

冷兵器时代，沙河藤牌阵对于抵制入侵、保护村民安全具有重要的意义。但是，在当今年代，沙河藤牌阵在军事防御方面的作用，已经微乎其微。因而，藤牌阵更主要的作用，只能是强身健体或者艺术观赏。如果能够按照规范的藤牌阵阵法进行演练，藤牌阵强身健体的效果会十分明显，但藤牌阵对人的身体素质要求较高，演练过程较为枯燥，且必须团队进行，个人难以有效操作，因而在强身健体方面，藤牌阵的价值受到了较大的限制。藤牌阵的艺术观赏性在很大程度上是难以替代的，但问题在于，愿意演练藤牌阵的村民越来越少，大多数为村里尚未成家立业的孩子们，且参加演练仅为娱乐、健身，或者为了赚几个零花钱。如此一来，其艺术观赏性也大打折扣。尽管每一次藤牌阵的表演都会换来热烈的掌声，但这掌声，更多的是出自观众看到藤牌阵时的新奇与惊叹，单靠掌声，难以支撑起一门古老艺术的长久发展。

2011 年，《中华人民共和国非物质文化遗产法》出台，该法最终定为《非物质文化遗产法》而非“非物质文化遗产保护法”自有其深意。非物质文化遗产最重要的特征，便是其活态性。因此，保护很重要，但更重要的是在保护、保存、研究的基础上，促进其传承与发展。从近年的实践中看，非物质文化遗产要想得到发展，多数应在其原有的样貌之上进行改造，使其符合当今民众的文化需求。基于此，非遗才能获得更多的资金支持，才能有更强的动力以发展自身，从而形成良性循环，实现其活态性。我们最熟悉的剪纸、京剧、泥人、中医药等，不仅是得益于政策，更是符合广大民众的文化需求，并且盘活了资金，扩大了自身的影响力与知名度。

沙河藤牌阵于此方面，面临的问题太大、太难。其军事价值已然微乎其微，强身健体的武术价值也因其自身特点而难以发挥，目前最主要的艺术欣赏价值的实现也遇到多重瓶颈。匮乏的资金来源使村民不愿以自身的生存为代价来完成传承文化的使命，无人传承的状态进而大大降低其艺术观赏性，当年的军事阵法在一定程度上沦为“花拳绣腿”，这局面又反过来再度打击民众的传承积极性，封堵了自身的资金渠道。太多的人对此束手无策，沙河唯一的国家级非物质文化遗产，几乎陷入绝境！

谈至此，我突然想到了另外一个话题。用钱来谈文化，看上去很俗，实际上是脱俗。作为法律人，用文化、情怀的视角去看待文化，是我的本能，也是每个人的本能，但也确实应该用法律的眼光来看待非物质文化遗产的发展。从当前我国出现的与非物质文化遗产直接相关的案例来看，有大约三分之一的案例涉及知识产权，三分之一涉及民法，剩下三分之一涉及刑法与行政法。在涉及知识产权与民法的三分之二中，绝大多数是与钱相关。特别是知识产权，人们心中所认为的鲜有经济价值的非物质文化遗产，在商人们的眼中，却是无比的财富，尤其是在著作权、商标权纠纷中，赔偿动辄数百万、上千万。这些资金问题，是非遗在发展过程中的困境，也正是促进非遗发展的切入点。通过法律的完善等措施，保障非遗自身所具有的经济价值及其未来能够创造的经济价值，绝对是促进非遗发展的最佳手段。

从这个角度看沙河藤牌阵，藤牌阵想要在短时间内脱胎换骨、重振雄风，是一件太难太难的事情。无论是法律还是政策，它们能够给予藤牌阵相应的保护与关照，但是藤牌阵自身的长久发展，外界实难提供助力。眼看着家乡古老的文化就这样走在悬崖边上，我也是毫无办法，甚至如今我都难以提出丝毫行之有效的对策。尽管我不愿承认这个事实，我们每一位沙河人，每一位中国人，都不愿意提及、不愿意看到这样的事实，但它确实已经站在了我们的面前：

沙河藤牌阵，以及类似沙河藤牌阵的诸多非物质文化遗产，已经危在旦夕！

对此，我们能做些什么？

你能否赐予我答案？

我默默地问着苍天……

来自苍天的叹息
2015 年 9 月 19 日

抱怨的意义

聪明的你：

或许是我太愚笨，至今尚未发现抱怨的意义。

生活中，总有太多的人，在抱怨太多的事。我对这些事情常常会充满好奇，我会好奇这些抱怨产生的原因，也会好奇这些抱怨最终的结果与走向。让我兴奋的是，这些抱怨有着多种多样的原因，展现着丰富多彩的社会元素。而让我遗憾的是，这些抱怨似乎都没有什么切实有效的作用。

除了浪费时间。

除了影响情绪。

如果一个人的一生总是充满抱怨，那么他的一生，必然是怨气满盈的一生；如果一个人的一生没有抱怨，那么他的一生，必然是乐观积极的一生。你所做的一切，便是你的一生，便是你的未来。你的未来由你掌握，它的辉煌必定由你创造，而它的悲惨，也必是由你亲手播种。

我们总是用太多美好的时间，去做着各种各样无意义的事。我们也总是用太多本可以让自己更加进步的时间，从事着各种各样的抱怨。好习惯的养成需要二十八天，而抱怨习惯的养成，只需要一瞬间。

所以，我们的生活，应该少一点抱怨，多一点反思。

不要抱怨没有人赏识你，那是因为你无为的常态决定了你的价值。一位伟大的画师信笔涂鸦，也可以卖出天价，那是因为他平日里的成就让人们觉得这一次的信笔涂鸦也会蕴含着诸多深刻的道理。而你平日里碌碌无为、懒散懈怠的表现，让人看到了你的常态，这就是你的价值，即使有一天，你的作品真的达到了很高的艺术境界，一样很难有人看好，因为你的这幅旷世佳作，流露出的恰是你碌碌无为、懒散懈怠的身影。

不要抱怨别人比你拥有更多的资源，那是因为你对自己的未来毫无信心。这个社会是非常公平的，对每个人都是公平的。富二代、官二代、星二代们拥有着如今的你不曾拥有的资源，但是不要忘记，他们的父辈、祖辈，曾经也有人不曾拥有这些资源，总有一代是白手起家，获得了这样大的财富。后人继承祖上的遗产，为什么会是不公平的事情？如果这是不公平的，天下父母为什么又要努力工作，为孩子提供更好的资源？正因为富二代、官二代、星二代是社会公平的表现，才会有更多的人努力，他们也更有动力，让自己的孩子成为富二代、官二代、星二代。这不应该是你抱怨的地方，反而应该是你努力的动力。否则，你遗留给后人的财产，将只有无穷无尽的抱怨。不要只进行横向的比较，还应该进行纵向的动态思考。

不要抱怨自己的运气不好，那是因为你的实力还不够。运气是我们经常提及却又最难把控的一个元素，不可否认有些时候运气这东西的确存在，就好像投硬币一样，如果正反面代表着生与死，那么生死真的只能由天定了。但这样极端的例子并不多见，我们遇到的大多数的不幸，并不是运气不佳，而是实力不够。一道二选一的试题，如果会，那么正确率就是百分之百，如果不会，那么正确率与错误率均为百分之五十。既然如此，为什么一定要把自己置于后者的百分之五十当中，而不将自己置于前者的百分之百当中呢？这一个看似简单的运气问题，实际上却是一个实力问题。实力能够永远地战胜运气，而运气，只能靠运气才有可能与实力同步。

不要抱怨有人背叛了你，那是因为你为他提供了背叛的空间。没有谁与谁之间存在着绝对永恒的忠诚，人们只能通过各种努力，使得彼此之间滋长背叛的空间越来越小。如果你的朋友背叛了你，首先请不要指责他的人品，试问谁能没有利己性？如果他背叛了你能够获得更好的未来，那么他的背叛就是有意义的。由此可见，问题绝不是出在背叛者身上，而是出现在被背叛者身上。或许是你的人格魅力不够，或许是你做的某件事情打击了他的信心，或许是你给他的酬劳太低，也或许是你未能帮他勾画出美好的未来。如果他是因此而背叛你，你不应该抱怨，反而应该庆幸，因为他的背叛，让你发现了自身更多的问题，他因此而成为你的人生导师。如果他的背叛不是因此，而是人品太差，那么你更应该庆幸，庆幸他的离开。任何一个危险分子，只要从现在开始就离开，一切都不算晚。

不要抱怨自己得不到机会，那是因为你的准备不足。在我看来，机会分两种，一种是从天上掉下来的，另一种是从天上拽下来的。但无论哪种，它们都不会站在那里，等着你的到来。有些机会是从天上掉下来的，这也应了俗语“真是天上掉馅饼的好机会”，这俗语并不夸张，而是十分贴切。机会就是从天上掉下来的，但是有的人已经做好了充足的准备，当馅饼掉下来时，他能够稳稳地接住，然后大快朵颐；可有的人没做准备，或者准备不足，眼看着机会从天而降，却抓不住，只能眼巴巴看着别人吃馅饼。其他的机会是自己从天上拽下来的，自古以来的很多“偶遇”“巧合”真的是“偶遇”“巧合”吗？绝大多数不是。这样的“偶遇”与“巧合”，很多是人为创造的结果。而一旦创造成功，这样的机会往往能够发挥出巨大的威力。

不要抱怨被别人怀疑，那是因为你忽略了人的本性。人生在世，总会与周围的人产生各种各样的交往。当有人出于某件事情而怀疑你的时候，不要抱怨，不要慌张或愤怒，而应该尊重他怀疑你的权利。在真正的事实水落石出之前，任何人都是被怀疑的对象。任何当事人在心中产生怀疑，都是他的本能；如果他不怀疑你，则是他的境界。你应该对他的本能有所尊重，更应该对他的境界倍加敬重。但若用人的境界去掩盖其本能，或者对其本能进行道德上的苛责，则会极其不适当。

不要抱怨受到别人严苛的对待，那是因为你自己做得不够好。如果你不够努力，做得不够好，别人总会找到各种各样的理由来对你赋予更加严苛的条件，越是严苛，你就会越觉得自己受到了不合理的对待。如果你做得足够好，你便不会受到这些严苛的条件的羁绊，反而会超越这些条件，并引领这些条件的变化发展。规则永远是给遵守规则的人制定的，而不守规则的人，往往能够成为创造规则的人。

不要抱怨别人答应你的事情没有做到，那是因为你所托非人。找人帮忙，最忌讳的便是所托非人。因此，在确定合作者时，一定要做好充分的考虑，包括他的性格、能力、时间安排、与你的关系、平日的表现等，综合考虑之后再下决定。如果充分考虑之后，他没有做到你所委托的事，那就想一想，是不是自己的哪一点考虑出现了失误？如果是因为他人品有问题，请不要抱怨，这只能说明你选人的眼光，实在是太差！

不要抱怨别人对你不好，那是因为你可能还没有足够被好好对待的价值。交友中有一项重要的原则：“不要太关注你认识多少人，而是多少人认识你。”如果你有着很多不可替代的价值，那么千方百计来请你、约你的人大排长龙；如果你对于周围的人毫无价值或者价值不大，非但不会有人来请你，你可能连请求别人的资格都不够。每个人都在贡献自己的价值，也都在发掘别人身上的价值。想要被“利用”而不能，是一件极其可悲的事情。我们应该心怀善意，但谁也没有权利去要求别人心怀善意。

不要抱怨上司没有接受你的建议，那是因为你的建议提得太晚了。上司在征求意见之时，下属们应当积极献言献策，最终建议是否被采纳，上司有决定权。若上司言路闭塞，则是他的问题。但是在征求意见阶段你一言不发，决定对外公布、全员已经准备就绪时，你又提出了一大堆意见，如果不是在根本上关乎胜败的意见，请不要抱怨上司不予采纳，因为这样的意见来得太晚了。就好比在战场之上，士兵即使知道将军的命令是错误的，即使有更好的方案，也要执行这一错误方案，假若不执行，反而有可能造成比执行错误命令的结果更为惨痛的代价。有建议早点提，若提得太晚，尽管是正确的，但未必是合理的、适时的。“事后诸葛亮”往往是讽刺，但“事前诸葛亮”，有时也不见得是赞赏。

不要抱怨你的生活中有着太多的抱怨，那是因为你已经养成了抱怨的习惯。这习惯每个人自己是看不到的，所以必须借助外界的力量，来让自己意识到抱怨的心态以及抱怨的习惯。这种外界的镜子有很多，比如你所信赖的人，比如对你影响最大的几本书。每个人都应该找到属于自己的这样一面镜子，时时刻刻提醒自己：今天我抱怨了吗？

只有这样，才能少一点抱怨，多一点乐观；少一点怠惰，多一点进步。

希望与你一起，早日终结抱怨之路，让抱怨之心滚得越远越好！

祝安好！

一个理性的疯子
2015 年 9 月 20 日

母语，才是文化的根

亲爱的素未谋面的自己：

今天上午，一位朋友请我帮他看一篇文章，我欣然接受了。

而下午，当我打开电脑，读这篇文章之时，进行得着实艰难。因为文中的基本语言规范实在是不敢恭维，以至于我绝大部分的时间都放在了汉语规范的修改上，文章的主题已然无心去关注。

类似的事情已经不是第一次了。大一大二时，我担任河北工业大学校报新闻中心的记者，经常负责副刊稿的写作与审核，后来也撰写了很多新闻稿。我在从事这些工作的时候，往往会与朋友们形成相反的观点，他们觉得比较不错的文章，我有时并不看好，原因并不是文章内容质量不高，而是过多的语言文字问题在很大程度上掩盖了文章本身的质量。我很清楚我的这个习惯可能会漏掉一些好文章，但内心深处的抵触让我在短时间内很难改变这一由来已久的习惯。

我曾经也思考过，这一基本的语言规范问题是如何产生的？按照当前中国的中学教育模式，学生的语文基础知识水平一定是不差的，特别是考上重点高校的学生，即使语文能力不足，也不至于连最基本的语言规范都不了解。原因可能就在于，中学毕业之后，多数学生对于语文的学习——荒废了。

记得前几年，看到过一个争论，说如今的大学本科教育中，要不要添加或者扩大语文的教学比重。既然是争论，双方当然各执己见，有的人认为语文很重要，应该继续添加内容或者扩大语文教学的比重，提高大学生的母语运用能力和文化素养。但也有人认为语文虽然重要，但中学阶段的语文教学已经占了很大的比重，大学期间不必再增加学生的课业负担。可想而知，我是赞成第一种观点的。

姑且不谈这一争论，从另一个视角做一个对比，那便是，至今为止我并没有看到过大学里要不要取消英语课的讨论。不仅没有此种讨论，大家学习外语的劲头从未削减，而且越发强烈。不排除我认知范围有限的可能，但至少从我个人的经历来看，确实如此。

当然，必须明确，我无意对以上两种现象进行对与错的讨论，我也并没有否认外语的重要性，因为我本人也在坚持不断地学习外语，以拓宽自己的视野。我只是觉得，同样是语言，为何“外来的和尚好念经”呢？

外语是一项重要的技能，这一点毋庸置疑。在求学的过程中以及今后就业时，良好的外语能力绝对是一种助力，个别情况下都有可能成为精美的敲门砖。这是多少人的经验或者说血的教训，生活在社会现实中的我们自然不能忽略这一点。但是，同样重要的，那就是熟练运用母语的能力。如果汉语文字功底扎实，同样可以令人事半功倍。

你可能读过《金色的鱼钩》，这篇文章曾入选人教版的小学课本，影响了一代又一代少年儿童。而这篇文章的作者陆定一，是最有文采的国家领导人之一。据说他在担任中宣部部长期间，他的文章全都是由自己亲手所写，下笔千言，字字珠玑，不仅有政治家的远见卓识，还有着深厚的文化底蕴。当年，有一次邓小平对他的才学感到好奇，想要一探究竟。陆定一早年熟背《古文观止》，邓小平便随手翻开《古文观止》中的一篇文章，年已八旬的陆定一不假思索，毫无磕绊地全文背出。邓小平惊叹不已，称赞道：“《古文观止》到你这里‘观止’了！”

这也正如蘅塘退士的名言：“熟读唐诗三百首，不会作诗也会吟。”

读与背都不是目的，汲取母语中的名篇，将大浪淘沙后的积淀转变成自身的学识与素养，这才是学习母语的最高境界。未必每个人都能成为一代文豪，但至少，应该做一个学诗的香菱！

与陆总理相比，我们还差得很远。《古文观止》中的名篇，你我都学过，但除了中学老师要求的背诵篇目，似乎都没舍得再多背一篇！通背《古文观止》绝非易事，目前的我也做不到，不知你的功力能达到几成？今后是否会强令自己通背《古文观止》，我也不清楚，因为我也深知其中的难处。但我只是想通过这种方式来提醒你，也时时刻刻提醒我自己：

在我们不断学习专业知识、不断学习外语的同时，不要忘记母语的学习。并不是功利性地学，而只是尽到我们作为中国人的本分！

母语，才是文化的根！

近安！

一个理性的疯子

2015 年 9 月 22 日

倾家荡产也要扶

亲爱的尚未谋面的你：

“该出手时就出手，风风火火闯九州”，这是电视剧《水浒传》主题曲《好汉歌》中的一句歌词，听来酣畅淋漓。而在残酷的现实面前，有些时候，这句话却显得沉默了许多。

近年来，社会上出了一个怪现象：老人不敢扶，好人不好当。2006 年 11 月的彭宇案似乎是这一现象的源头，南京市民彭宇在公交站台将一位摔倒的老太太扶起，并送往医院，但最终的结果却发生了 180 度大转弯，老太太始终声称是彭宇将其撞倒，并诉至法院。法院最终判决，彭宇对老太太给予医药赔偿数万元。判决一出，便在社会上引起了巨大轰动。

引起轰动的原因有很多，各界人士也都有自己的看法，在此我也不需对这一案件进行太多的评论。因为在我看来，不管社会如何争吵，不管政府、法院、行善人采取什么样的措施，这样的现象都很难得到完美的应对。当然，将这类事件推到社会的风口浪尖，能够引起人们的重视，让更多的人对社会现象形成思考，这对于社会思想的进步有一定的作用。但是真正落实到遇见老人究竟该不该扶、敢不敢扶，依旧难下定论，事前的思考终究解决不了突发的问题。

彭宇案开启了扶不扶大讨论的先河，而后，一系列的案件接踵而至，如浙江的吴俊东案、天津的许云鹤案，每一起案件，似乎都是彭宇案的翻版，每一次的判决，都将这一社会大讨论推向新的高潮。没有人会知道类似的案件从何时开始能够减少，甚至都不知道类似的案件将会减少还是增多。但是，所有人，除了那些扶不扶的主角们，都在庆幸，也都在希望今后这种事情不会发生在自己的身上。而如何不发生在自己的身上，或者是祈求碰不到，以使良心安定，退而求其次？最好的方法，莫过于遇到时装作看不见。这样的伪装，反而成了多数人理想的“君子之道”。

中国好人网创办人、华南师范大学教授谈方，秉持着“不让好人寒心”的理念，在彭宇案之后，发起并建立搀扶老人风险基金，为用于搀扶老人却被冤枉者提供免费法律援助，以及必要时提供经济上的帮助。这样的基金来得很及时，但也让人内心纠结。搀扶老人风险基金的创立，是社会正能量的有力宣誓，是对道德滑坡现象的应战，但同时，也让人感到了社会的可怕，让人对摔倒的老人敬而远之。

究竟是老人变坏了，还是坏人变老了？如果真的是好心人被讹诈，受伤的，究竟是好心人，还是社会的好心？

很多时候，我也在想，如果我遇到这样的事情，我会如何去做？当然，理性的思考并不能代表我面对现实时不假思索的行动，直到去年，我亲身经历过之后，我才明白应该如何去做。

当时，我在路口买东西准备过马路回家，路边的下水道正在维修，刨出来的土堆在台阶处。一位老大爷骑着电动三轮车下坡，刹车不慎，车子偏离方向，连人带车摔倒在地，车后面坐着的大妈更是摔离了车座，所幸只是轻微的擦伤。我离老人不远，见此状便迅速走上前去将老人及电动车扶起，帮助二老顺利走下台阶，二位老人也是不断道谢。待老人离开后，细细思索，我多少有些后怕，倘若二位老人也反咬我一口，我将怎样去应对？就此越想越胆寒。但同时我也明白了一点，因为我的下意识行动告诉我，不管如何，老人终究是要扶的。

在我身边，也曾发生过类似的事情。去年，我的两位朋友，同班同学李梦晨、吕毅德在天津市刘园地铁站将一位不慎在电梯上跌倒的老人扶起，并将老人送往医院，同时在公安机关做了笔录。一年后，老人伤势痊愈，竟亲自找到学校，以向两位同学表示感谢。这件事情，在学校里还引起了不小的轰动。作为一名校园记者，我也很自豪地对我的两名同学进行了采访。采访之后，我便努力在学院、学校宣传此事，希望更多的人知道，也希望更多的人可以以他们为榜样。因为身边的榜样，更容易接近，更值得尊敬！

我不知道在你生活的世界里，扶不扶是否依然是社会争论的焦点，小品《扶不扶》是否依然能在社会中引起民众的共鸣，话题扶不扶是否依然在学生作文中占据着数一数二的地位，搀扶老人风险基金是否依然有其存在的价值和意义。我想告诉你的是，不论时代如何变换，不管人心怎样叵测，老人跌倒，一定扶。

社会可以背叛你的善行，但是你不能够背叛你的本心。作为一名法学人，我深知法院在面临类似案件时的纠结，也非常理解法官在敲下法槌时的艰难与无奈，因为如果我来判决，我也不知道从何下手。倘若此事发生在你的身上，即使判决不公，不被理解，也不必担心。你的眼应当向前看，你的心应当指向自己。我也会不遗余力地帮助你，我会为你撑腰，为你呐喊，助你渡过难关，与你共担行善的风险。

即使代价比天大，即使倾家荡产，也要扶！

一个理性的疯子

2015 年 9 月 23 日

不为迟到找借口

亲爱的尚未谋面的你：

西点军校的经典法则很值得读一读！

据说，西点军校有一组非常经典的回答模式："报告长官，是""报告长官，不是""报告长官，我不知道""报告长官，没有任何借口"。这样的回答是真正如此存在着，还是仅仅借此来传达一种精神，我并不知道。但是，这种品质很值得所有的人去思考、去学习。

以前担任班长时，我有一个非常重要的原则，就是不能迟到。自打大学入学到现在，这个原则没有一丝一毫的动摇，尽管在具体操作时，这一原则的实施也有过各种各样的阻力。我会以身作则，也会将其作为一个不可触碰的底线。有人迟到的时候，我会问："你是迟到了吗？"但是，所有人在回答的时候，都不是回答这个问题，而总是支支吾吾地说："不好意思，刚才我有点别的事情，结果迟到了。"对于这样的回答，我很不满意。因为我所问的，是有没有迟到，而不是为什么迟到。

为了应对迟到问题，当初的我可谓是绞尽脑汁。趣味运动会清晨训练的时候，为了激发同学们的积极性，我每天都会准备水果，每天早上最早到的几位同学都能得到水果奖励，晚到的同学也会"被点名"，为此事还曾与几位同学有过小小的摩擦，当时是我太冲动，也非常感谢她们对我的谅解与支持；清晨全院组织早操时，我会争取每天尽早到场，记录下最早到位的三个人和最晚到位的三个人，并在班级群里进行“通报”，这个方法当初毁誉参半，但不可否认当时我班的到位率与到位时间是最好的；每次班会时，我都会记下迟到同学的名字，最终汇总做成一张表格，但出于多种因素的考虑，并未公开这张表格。当初参加微电影比赛，我还力排众议地将主题定为“说好的不迟到都去哪了？”现在回想一下，当初定这个主题，我也确实霸道了些。

但对于狠抓迟到这件事，我从未有丝毫的动摇与退让。

理由很简单，这便是我的底线，简单但又不容侵犯！

有人曾经反对我，说迟到也是有原因的，可能真的有更重要的事要做。这一点我从未否认，但是很多人忽略了一个问题：为自己的迟到找借口，这不仅是一个托词，更是一种逃避现实问题的坏习惯。如果你能为自己找第一个借口，就能为自己找第二个、第三个。人都是有惰性的，当找借口成为习惯时，后果难以想象，而且，越是找借口，所有的事情都可以成为借口，甚至睡觉睡过了头都会在你看来，成为理所当然的理由。

可如果真的有更重要的事情做，最后迟到了，怎么办？在我看来，这其实是一个再简单不过的问题。

迟到，就是在规定的时间里，没有到达指定的地点。这很好判定，丝毫没有主观的色彩。所以，迟到，就应该承认，这并不丢人。如果是因为做好事而迟到，那么，做好事应该得到表扬；但是，迟到已成现实，应该受到处罚。

成熟，就是一码事归一码事，做得好了就应该得到表扬，迟到了就应该受到处罚。这两件事之间本来就没有任何的关系，只不过这两件不相干的事恰巧发生在同一个时间点上。

所以，不要为迟到找借口，那既是对别人的不尊重，也是对自己不负责任表现的推脱。如果你的迟到是由于更加重要的事情，那么该罚就罚，只要你问心无愧。这样的处罚是你对客观事实付出的代价，这样的代价值得你付出。如果你的迟到是由于一些很荒唐的理由，那么，更不应该找借口，因为你根本没有找借口的资格。人，应该学会扪心自问，特别是你在心里为自己找借口的时候，你的借口，真的说服你自己了吗？

如果你的借口能说服你自己，那就不必说出来，心安就好！

如果你的借口连你自己都说服不了，就请免开尊口吧！

祝安好！

一个理性的疯子

2015 年 9 月 24 日

独自死亡

生活在另一个世界的你：

见过死神吗？

我喜欢用一支蜡烛照亮一栋房子。

地上，只有椅子的阴影。

我在这个世界上已经存在了很久，但我却说不清我究竟活了多久，更不知道当这支蜡烛灭掉之后，是否还能够点燃新的一支。

活着是一件让人恐怖的事情，因为下一秒会怎样，没有人会知道。我曾亲眼见到，有的人本来春光满面，而转身之后便再也站不起来；有的人怒气冲冲去办事，而几秒钟之后便吃到自己血红的苦果；有的人中午还谈笑风生，下午躺在床上就再也睁不开眼；有的人现在还站着，而不知稍后会横在哪里。

死神对生命不会有一丝怜悯，尽管有时他也无法控制自己，因为，他不知喜怒哀乐，不知善恶正邪。他常常会由着自己的性子，恶手一挥，便可能会带走你，带走我，带走他。我们没有选择，他是不知选择。我们冲着他撕心裂肺地呐喊，而他的冷静让我们撕心裂肺地恐惧。

如果有一天，死神带走了你的父亲母亲，带走了你的每一个亲人，你会怎样？如果死神又带走了你的朋友、老师、同学，你会怎样？如果死神又带走了你的邻居、你的对手，你会怎样？如果死神最终带走了世界上其他所有的人，只剩下你一个，独自在屋里，点燃一支蜡烛，地上只有椅子的阴影，突然，门开了……

你会怎样？

没有人敢去跟生命比智慧、拼速度，因为我们总是太渺小。我们总在思索，在生命的这一秒与下一秒之间，我们，能存在多久？或是，能活多久？我们的思索还会有多少的意义？究竟是谁的冷静最终战胜谁的恐惧？

我们来到这个世界上，在不断向着死神狂奔的过程中，为了让死神敬畏，我们做了什么？有的人，生来是铮铮铁骨，气拔山河，他们在哪里，山峰就在哪里；有的人，生来普普通通，但不甘做死神的棋子，便用一生的苦与泪为自己铸造了不朽丰碑；有的人，亦是生来普通，但溺于天赐的安逸，于无形中失去了人之为人的本能，落于庸碌的苦海之中；也有的人，生来已处于社会的底层，而又逐渐习惯了心中的罪与耻，淡漠了阳光，最终在阴影中寂寞。

生死，无所谓意义；我们，无所谓思索。

这一秒，灵魂依旧在身体上。

下一秒，身体在哪？灵魂在哪？

我们的冷静会让死神感到恐惧。

死神来了。

死神留下了我的生命。

死神走了。

对暴恐事件的恐惧与思索

一个理性的疯子

2015 年 9 月 26 日

“京剧麒麟”《锁麟囊》

亲爱的另一个自己：

如果我给你推荐京剧，你会做何感想？

我猜，当你看到这封信时，一定会觉得，我真是个老古董。京剧这东西，现在还有几个人去看？诚然，近年来愿意看京剧的人越来越少了，其他的戏剧可能混得还不如京剧。但我还是想要跟你聊一聊京剧，聊聊我与京剧的小故事。今天，就从《锁麟囊》开始吧！

《锁麟囊》是程砚秋先生的代表作，由翁偶虹先生编剧。主人公薛湘灵是一个富家小姐，为自己的婚事精挑细选了很多物件，母亲还送给她一个锁麟囊，囊里装满了价值连城的金银珠宝。而另一位重要角色赵守贞为贫家女，嫁妆寒酸，但她与薛湘灵的婚事恰恰赶在了同一天。送亲路上，薛湘灵了解了赵守贞的情况，深为感慨，并将母亲所赠的锁麟囊转赠给赵守贞。多年之后，薛湘灵夫家在大水灾害中没落，她只得沦落到卢员外家做佣人，专为照顾小公子。日后，薛湘灵为小公子去后院楼上捡球之时，看到了当年赠出的锁麟囊。原来，现在的卢夫人正是当年的赵守贞。至此，一切真相大白，卢员外一家将薛家待为上宾，两家和好，全剧以大团圆而结尾。

《锁麟囊》的故事情节并无太多奇特之处，属于较为典型的传统情节与主旨表达。但本剧结构完整，环环紧扣，层层引入，看完之后依然意犹未尽。而我特意向你推荐《锁麟囊》，皆因为本剧的唱词写得着实精妙，令人不得不佩服翁偶虹老先生的语言文字功底。

如全剧第二场中的唱词，对本剧的主人公薛湘灵有着形象的描写。薛良唱道：

这也是娇养儿天生性傲，全不念老娘亲生养劬劳。为一个锁麟囊东颠西跑，又听得众伙伴呼叫声高。

再如薛湘灵：

仔细观瞧，自己选挑，锁麟囊上彩云飘。是麒麟为何生双角？好似青牛与野鹿。是何人将囊来买到？速唤薛良再去一遭。

可以说，这一系列的唱词，配合着剧中的对白与动作，将薛小姐这无理任性的大家小姐形象展现得细致入微。这里是故事的开端，全剧也通过这一形象构建，与后文的赠囊形象形成鲜明的对比。

接下来，第六场中，薛湘灵在赠锁麟囊之时，唱道：

听薛良一语来相告，满腹骄矜顿雪消。人情冷暖凭空造，谁能移动它半分毫。我嫌不足她正少，她为饥寒我为娇。分我一枝珊瑚宝，安她半世凤凰巢。

这都是神话凭空造，自把珠玉夸富豪。麟儿哪有神送到？积德才生玉树苗。小小囊儿何足道，救她饥渴胜琼瑶。

在本剧开头处，这位无理任性、被惯坏了的大家小姐薛湘灵并不招人喜爱，常年养在深闺，锦衣玉食，岂能知晓穷人疾苦？但当情节推到这一段，这短短的几句唱词展现了薛湘灵放下“满腹骄矜”的姿态，对赵守贞的辛酸感同身受，也意识到了“麟儿哪有神送到”的祈福色彩在救人所急之时的不足为道。最重要的，是决定将其母所赠价值连城的锁麟囊转赠给“她正少”“为饥寒”的赵守贞，这份情义、这份胸怀，令人钦佩，令人赞叹不已又深愧不如。可以说，薛湘灵的形象自此发生了巨大的转折，全剧的主旨也开始显现。

第十五场中，薛湘灵趁小公子卢天麟熟睡时，感慨身世，唱道：

> 我只道铁富贵一生注定，又谁知人生数顷刻分明。想当年我也曾撒娇使性，到今朝哪怕我不忆前尘。这也是老天爷一番教训，他叫我收余恨，免娇嗔，且自新，改性情，休恋逝水，苦海回身，早悟兰因。可怜我平地里遭此贫困，遭此贫困，我的儿啊。

这一段通过“撒娇使性”与“不忆前尘”的对比，流露出了薛湘灵对世事难料的感慨。同时，一系列的“收余恨”“免娇嗔”“且自新”“改性情”“休恋逝水”“苦海回身”“早悟兰因”，句式简短、急促有力，展现了薛湘灵对过去自私任性生活的悔恨以及对今后改过自新的渴望。而最后一句“我的儿啊……”凄婉哀怨地表达了母亲对失散多年的儿子的思念，感人至深。

而全剧结尾的大团圆，又给观众带来新的希望：

> 这才是今生难预料，不想团圆在今朝。回首繁华如梦渺，残生一线付惊涛。柳暗花明休啼笑，善果心花可自豪。种福得福得此报，愧我当初赠木桃。

这是薛湘灵与家人重新团聚时所唱，也是故事的结尾。此时的薛湘灵，历经了人间的大悲大喜，内心的情感十分复杂。而作者也正是通过她的这一经历与感受，表达出种善因得善果、人生繁华皆如梦、唯有阖家团圆才是真幸福等诸多复杂的思想，再加上结尾处的唱词，全剧的主旨得到了进一步的升华，同时也给人留下了无穷的回味。

2009年，黎涛执导，迟小秋主演的京剧数字电影《锁麟囊》上映，在戏曲界引起了巨大的轰动。美妙的身姿、绝伦的唱词，在这部影片中有着高水准的体现，感动了一大批人。这感动，不仅是对这部影片的赞美，更是对程砚秋先生、翁偶虹先生的敬重与怀念！

京剧确实是一门古老的艺术，同时，它也代表着中国古老艺术的精粹。这种慢节奏的演出方式以及文言性较强的唱词、对白，与如今的文化有着一定的冲突。这种冲突在你所处的世界里，是有所缓和，还是更为加剧，我不知道。但能确定的是，京剧当中所承载的古老的文化以及中华民族自古以来的精神与气节，永远体现在我们的日常生活中，永远不会消逝。只要这种精神在，这股气节在，京剧，也永远不会倒下，它必然会傲立潮头，迎风而上，向全世界人民展现中华民族的风采！

因此，无论在任何时代，无论身处何地，无论从事何种行业，我都希望与你一起欣赏京剧的美。这种美，是京剧所独有的，它在我们的人生当中，必然会起到不可替代的作用。

今天有点晚了，我也有点累。本想着再与你谈一谈我与京剧的一点琐事，估计是支撑不下去了。今天就暂且到此吧，明天如果有时间的话，再把想写的东西补给你。若明天来不及，后天一定完成！

晚安！

一个理性的疯子
2015 年 9 月 28 日

又及：

前天晚上没有写完的京剧琐事，今天补给你。

听奶奶说，我小的时候，爷爷背着我去老家的戏园子看戏。戏园子里人很多，而我又太小，因此爷爷将我举起，以保证我能看到戏台。我骑在爷爷的脖子上，却还说看不到。他问我看不到哪里，我说："我看不到唱戏人的脚"。我对这件事情没有丝毫的印象，但听完后，也忍俊不禁了。

沙河市地处河北南部，穿过邯郸就到了河南。可能也正因此，沙河的农村戏台上，较少能看到京剧、河北梆子，豫剧倒是很常见，也有平调、落子等。不过这些年，戏剧不景气，农村的戏园子，好多也都长满了荒草。偶尔有个别村子在庙会时请来戏班，但表演的质量一般，来看的人也不多，且基本上是些拄着拐杖的老人们。据说，前段时间，沙河成立了沙河市豫剧团。在这样一个小城镇里，能成立如此一个豫剧团，实属不易！祝愿它迎风而上，越办越好！

我印象中沙河好像没有梨园界名人，但邢台是有的。京剧"四大名旦"之一、尚派创始人尚小云，以"文武并重，歌舞兼长，清新英爽，洒脱大方"的艺术风格独树一帜。而他，就出生于邢台市南宫市尚家庄。为纪念一代京剧宗师，尚家庄还修建了尚小云纪念馆，于2015年年初开馆，尚小云之子尚长荣先生还特意回乡参与了揭牌仪式。

当红京剧名角李胜素，出生于邢台市柏乡县。她是我国将京剧的旋律带入世界音乐之都——奥地利维也纳金色大厅的京剧第一人，她与于魁智堪称京剧界的"黄金搭档"，二人合作的《四郎探母》《野猪林》《大探二》等剧目，在国内外都有着广泛的影响。

目前想到的就是这些，文字不多，也是零零散散。再有想到的，就接着与你补充吧！

安好！

一个理性的疯子

2015年9月30日

怜悯之心

亲爱的素未谋面的你：

每个人都应当有一颗怜悯之心，懂得体味人间的疾苦，懂得向身边有需要的人伸出援助之手，这也是祖宗先辈们给予我们的教诲。但是，怜悯不能够泛滥。怜悯一旦泛滥成灾，就会变成一种莫大的危害。

在如今的年代，乞丐已然成为一个极其特殊的群体。前些日子，我读过一位记者深入丐帮虎穴之后写出的纪实体验。丐帮内部管理层次分明，等级尊卑有序，自上而下，各司其职，有着一套完整的工作模式和运营章程，俨然一个庞大的公司，而且业务遍及全国各地。读完之后，我甚至都有加入丐帮的冲动，他们的收入和待遇，让许多工薪阶层都望尘莫及。当然，最终他们还是被警方抓获，数十年的基业不复存在。

这样的例子想必你也听过不少，乞丐这一新兴职业几乎成了一项产业，吸引着更多人的加入，让人难以分清在茫茫人海之中，究竟谁是乞丐，谁是施主。今天我讲的故事，和乞丐有关，但算不算是上面这个行当里的乞丐，我说不准。

有一次，我独自坐在天津站对面的海河边上欣赏落日的风景。突然，一个年轻小伙儿在我肩上拍了一下，我转过身来，看到他双手抱着一个木牌站在我面前，木牌上的大概意思就是他不会说话，希望我能够帮助一下。他手中还有一个皱巴巴的笔记本，本上写着捐款人的姓名、电话与捐助金额。我仔细打量了一番，这个小伙子身材还算魁梧，背着一个单肩包，看上去也不像饱经风霜的流浪者，与他这个木牌上的所写内容，显得格格不入。我无意于捐钱给他，也无法判定他究竟是什么身份，但是这一次，我倒是想考验考验他。

我从钱包里拿出十元钱，递到他手里，请他帮我到对面的超市里买一瓶可乐，回来之后我愿意帮助他。他虽不会说话，但是听得见，拿过钱就去了。几分钟之后，令我欣慰的是，他回来了，带着一瓶可乐以及剩下的五元钱。我收下了这瓶可乐而把五元钱又递给了他。他点了点头，示意我在他的本子上留下姓名、电话，我婉拒了。随后，他便转身离开，消失在人群之中。

我不知道你是否会理解我为何要这么做，我也不知道当时怎么就蹦出了这么一个念头。我并不是怜悯他，因为看得出来，他的体格并不比我差，所以他完全可以去找一份工作，或许有的单位会拒绝他，但总有人愿意为他提供机会，哪怕是洗碗、扫地、搬东西。从头到尾，我一直在怀疑他的身份，但是没有证据，我也不便明说，也无意在公共场合同他争论。因而，我便想出了这么一个办法，让他去帮我买可乐。我不是在怜悯，更没有施舍，他帮我跑腿，我付他工钱，这五元钱是他应得的，也是我应该支付的。

我可以想象到，在整个广场上，这位小伙儿一个挨一个地求人，有的人明确地拒绝了，也有的人觉得他可怜，会掏出几块钱。他的身份是真是假，我难以做出一个百分之百准确的判断。但无论真假，他必然不需要怜悯！

很多人的怜悯其实来得不合时宜，也可以说是怜悯泛滥。茫茫人海之中，有的人需要同情怜悯，需要人帮一把。而有的人，本不需要别人的怜悯，却假装需要，借以骗取同情心，此时施舍的怜悯，反而是一种毒药——慢性，但又剧烈。

乞丐们盈利模式的精髓就在于此。不过我更倾向于说，无论乞讨是明是暗，以此种方式为依靠的人，都是乞丐。

我自认为是一个怜悯心极强的人，也正因此，我不会轻易地去怜悯任何人。我曾经思考过这样的问题，究竟什么样的人值得怜悯？我思来想去，最后得出的结论反而是——没有人需要怜悯！

我把人类分为四种：第一种是不努力而失败的人，第二种是不努力而成功的人，第三种是努力而失败的人，第四种是努力而成功的人。第一种人不需要怜悯，因为他们没有被怜悯的价值，他们的存在，说得不好听了，就是懦夫对文明进步的阻碍。第二种人也不需要怜悯，这是一群幸运儿，我不会祈祷着他们终有失败的那一天，当然偶尔也会幻想着他们的好运某一天也可以分给我一些。再跳一步，先说第四种人。第四种人明显不需要怜悯，他们应当得到世界的尊重，所有的人都应当向他们靠拢，这时候人们反而更需要怜悯自己，反思自己。那么对于第三种人，你觉得他们需要怜悯吗？有些人或许会觉得需要，因为这些人正处在脆弱的时候，他们需要同情与安慰。但我不十分认可，我觉得这些人同样不需要怜悯。这些人努力过，所以他们有能力，也应当有信心，去改变现状，鼓足勇气杀出一条血路。正是因为他们处在脆弱的阶段，所以不能怜悯，反而要进一步地激励他们，促使他们找到更多的动力，走出困境，努力去开拓新的天空。倘或此时慷慨地献出怜悯之心，他们极有可能掉进怜悯的温床，短暂的失败就会成为永久的坟墓。

因此，在我眼中，人类这一强大的物种，永远不需要怜悯，即使是因天灾人祸而面临艰难处境的人，他们需要的是激发人内心深处改变世界的决心的行动与支持。有的人没有怜悯的价值，他们只是一群变相的乞丐，来骗取人们的同情心；而更多的人，不需要怜悯，他们需要的，是理解，是鼓励，是用信心传递出的力量，是人内心深处最澎湃的辉煌。

每个人都应当有一颗怜悯之心，这句话我依旧认同。只是，人类应当如何去理解怜悯之心，应当选取一种怎样的怜悯方式，仍然需要我们静静地思考。

近祺！

一个理性的疯子

2015 年 10 月 7 日

富连成精神

亲爱的素未谋面的你：

我不知道你是否听说过“富连成”，不过我觉得，作为中国人，我们有义务去了解一下这个为国粹“京剧”做出过突出贡献的科班。

富连成成立于1904年，由牛子厚先生投资、京剧演员叶春善筹办，初名“喜连成”，1912年更名为“富连成”，被誉为“京剧史上历史最长、规模最大、造就人才最多的一所科班”。富连成曾为京剧界培养了“喜”“连”“富”“盛”“世”“元”“韵”“庆”八科京剧艺术大师以及京剧教育大师，如马连良、谭富英、裘盛戎、袁世海等，梅兰芳、周信芳等剧界翘楚也曾在富连成“进修”。1948年，由于社会条件的变化以及富连成内部的诸多管理问题等，科班宣告破产。至此，长达44年的“富连成时代”彻底结束。44年，乍看上去很短，但这已经是目前明确的科班的最长寿命。

富连成的成功，是多种因素共同作用的结果。牛子厚、叶春善为京剧艺术教育与发展献出毕生精力的精神为富连成的发展提供了强大的原始动力，“因材施教”、“以功保戏、以戏带功”、注重舞台实践、丰富传统剧目等措施与理念为富连成的辉煌打下了坚实的基础，“学戏先学做人”“艺高还需德高”等传统德艺双馨的理念为富连成的长远影响力铺平了道路。而最能体现这多种因素的，便是振聋发聩的《富连成训词》：

富连成训词

传于我辈门人，诸生须当敬听：
自古人生于世，须有一计之能。
我辈既务斯业，便当专心用功。
以后名扬四海，根据即在年轻。
何况尔诸小子，都非蠢笨愚蒙；
并且所授功课，又非勉强而行？
此刻不务正业，将来老大无成，
若听外人煽惑，终久荒废一生！
尔等父母兄弟，谁不盼尔成名？
况值讲求自立，正是寰宇竞争。
至于交结朋友，亦在五伦之中，
皆因尔等年幼，哪知世路难生！
交友稍不慎重，狐群狗党相迎，
渐渐吃喝嫖赌，以至无恶不生：
文的嗓音一坏，武的功夫一扔，
彼时若呼朋友，一个也不应声！
自己名誉失败，方觉惭愧难容。
若到那般时候，后悔也是不成。
并有忠言几句，门人务必遵行，
说破其中利害，望尔日上蒸蒸。

如果你看过陈凯歌导演的电影《霸王别姬》，那么你对这篇训词必然不会陌生。《霸王别姬》前半部分展现小豆子（程蝶衣）、小石头（段小楼）等科班学生在严师的教导下学戏的经历时，曾反复出现《富连成训词》。这段训词，堪称无数京剧演员脑海中最难以忘怀的记忆。

《富连成训词》除去开篇语和结束语，大体分为两部分。前半部分主要谈专心学艺，在“寰宇竞争”的年代，年轻人唯有“专心用功”，才能够在未来“成角儿”，才能够“名扬四海”，倘若年轻时不努力，贪婪懒惰，“终久荒废一生”；后半部分主要谈交友，训词并未否认交友的重要性，而是要慎重交友，交益友，拒损友，年轻人由于不知“世路难生”，容易交友不慎，最终落得“名誉败坏”“惭愧难容”，悔意晚矣！其实后半段的交友，亦可作宽泛理解，即学艺之时应当学会拒绝外来诱惑，避免用心不专、斗志不足和沾染不良嗜好等，这些外来诱惑，哪怕只一样缠身，也必然使人面临前功尽弃、荒废一生的危险。

学艺如此，人生亦是如此。各行各业的学习、为人处世的积累，都需要有这样的勤奋精神，避免各种“十恶不赦”的诱惑。成功的人各有各的成功，但失败的人，往往有着相似的失败。对照着这篇训词来看，成功与失败，终究逃不出《富连成训词》的预言！

我会时常背诵这篇训词，也常常以此为镜来反思自己的所作所为。因此，今日将这篇训词——富连成的精神，推荐给你。希望它也可以成为你精神上的朋友，成为你人生中的镜子！

顺祝秋安！

一个理性的疯子

2015 年 10 月 19 日

感同身受

亲爱的你：

最近过得如何？

这段时间，我的状态还算不错。我也说不清楚具体的原因，可能是琐事不多，有更充裕的时间去看书、去享受生活吧！这种感觉我很喜欢，也十分难得。

人生在集体之中，总是要组织或参加很多活动。有些活动很有价值，有些活动你可能很感兴趣，这些是你挤时间去参加的动力源泉。但是，也有些活动并非如此。必须承认，有些活动我们是被逼无奈才去参加的，我们必然会有各种抱怨，认为强迫学生参加活动与老师通过上课点名的方式强迫学生来上课的道理是一样的，因为这些都是活动主办方或者主讲人没有吸引力的表现。如果吸引力十足，那么就不是强迫参加的问题了，而是要通过卖票、发票来限制参加。

有些活动对我个人并没有太多积极的意义，以前我也考虑过要不要去参加，因为即使我撒谎不去而在宿舍里睡觉或者看电影，也没有人会知道，这也是符合我自身利益需求的。但是，在担任学生干部的一段时间里，我渐渐感觉到，这种参加或不参加，不单纯是个人利益的问题，还蕴含着潜层次的换位思考问题。

当然，我所说的这种情况，是限定在活动为非强制性或号召性，由你所在的集体主办，但活动本身无趣或价值不太大以及个人时间比较充裕的条件下。这种情形下，你会如何应对？以前我也是不愿意去的，不过后来稍稍有所转变。

在担任学生干部之际，我很清楚有些活动并不是如我们想象得那么纯粹，举办人特别是学生举办人，往往都是在别无选择的情况下被“委以重任”的。当初的我在此时，心里早已经把这种事情吐槽了千遍万遍，但吐槽过后，我更希望的是，看到有同学们来配合我一下。最担心的事情，莫过于花费了好大的精力，最后除了活动主办方，其他人无一捧场。这种尴尬的事情确实发生过。因此，当我以非主办方的身份遇到这种活动时，我非常理解主办人员的心情，他们的心情必然会同当初的我一样，多么希望有人来捧场。他们也知道这类活动根本不会吸引太多的人前来，但他们没有办法，他们只是希望同学们可以来捧捧场，凑个人数，只要能有点人气儿，他们的任务就算是完成了。

所以，近来遇到类似的情况，只要我有时间，我都会尽量地去参加。不为别的，只因为曾经我也面临过这样的焦虑与窘境，我很清楚他们最担心的是什么，最需要的又是什么。

作为集体中的一分子，我们都有着不同的需求。集体为了能够长期有效地运转，它必然会在某些时候面临一些自己无从选择的事情。作为集体的一员，我们有义务为集体想一想，哪怕只是“怜悯”一下主办方，也算是“行善积德”了。

愿我们今后“广做善事”！

也愿我们今后“广做善事”的机会，可以越来越少！

随想至此，祝好！

一个理性的疯子
2015 年 11 月 7 日

巧用古诗文

亲爱的素未谋面的你：

对于古诗文，我是一个粗浅的爱好者。

敢于自称“爱好者”，是因为我确实对古诗文有着浓厚的兴趣，平日里也会经常读一读、写一写。在此过程中，我对这种在很多人眼里“没什么用”的东西，倒是渐渐发现了它的些许用处。说是“粗浅”，这并非谦辞，自认为目前尚没有遵循古代汉语的严格规则范式与你交流、讨论的水平，多年间我也只能算是游离在古诗文的边缘世界。

然而，这并不影响我对它的喜爱。况且在我看来，发自内心的敬重与喜爱，比懂重要得多！

我不太记得自己是什么时候开始对古诗文感兴趣的。中国的孩子们在启蒙之时，古诗必然少不了，《唐诗三百首》《千家诗》皆为经典。而我人生中接触的第一篇古文，或者说上学之后接触的第一篇文言文，如果我没记错的话，应该是《列子·汤问》中极具教育意义的《两小儿辩日》：

> 孔子东游，见两小儿辩斗，问其故。
> 一儿曰：“我以日始出时去人近，而日中时远也。”
> 一儿曰：“我以日初出远，而日中时近也。”
> 一儿曰：“日初出大如车盖，及日中则如盘盂，此不

为远者小而近者大乎？”

一儿曰：“日初出苍苍凉凉，及其日中如探汤，此不为近者热而远者凉乎？”

孔子不能决也。

两小儿笑曰：“孰为汝多知乎？”

我不知道当时的我对这篇文章有没有兴趣，或许当时只顾得排解背诵的苦恼罢了！自初中始，我对古诗文的兴趣越来越强烈了。最疯狂的一段时间，我与鹏飞、辛剑、宝刚等人一下课就开始讨论古诗文、讨论古典小说，大家也会竞争着写，甚至曾有一次我们几个还傻乎乎地去背司马迁的名作《报任安书》，这真是一个对我影响深远的馊主意。儿时的记忆力都很好，我花了一整天的时间，几乎就把这篇既长又难懂的文章磕磕绊绊地背了下来，到现在几近十年，而文中的一些经典段落我还能毫无障碍地背诵。我也佩服当时的自己，为了读懂文章的句子，很多地方需要查字典、查电脑，那天晚上我的大脑已是肿胀难忍，但还是咬牙坚持着。现在的我，必定再难做到。

高中时，古诗文的背诵自不必说，也自那时起，我养成了古诗文写作的习惯。无论是诗、词，还是文、赋，都有过粗浅的尝试。回看当年的文字，确实稚嫩了一些。不过这些稚嫩，对于习惯的养成，亦功不可没。

今天我想与你聊的，并非严格意义上的古诗文写作问题，因为这个问题太大，涉及范围太广，聊起来也很枯燥，即使我洋洋洒洒写了一大篇，你也未必看得下去。所以我把视角转移到“巧用”上，通过我自己的几个经历来展现古诗文的魅力以及其在现代社会中的妙用，这可能会让你的兴趣更浓一些。

掰腕记

乙卯四月廿日傍，科场回奔急如风。
宋师昨日一令下，我班今开腕力争。
胜者奖品丰且厚，桌前摆列众眼红。
诸生擦拳跃欲试，人人欲效龙虎争。
壮男一一桌前对，腕袖交臂面从容。
坐定匀吸调气色，裁判一令始交锋。
肱肌顿见青筋起，横眉紧蹙似生风。
面颊转红唇紧闭，额头微动血沸腾。
拳头握紧足点地，怒目圆睁相对凝。
交锋数刻仍僵持，看客呼声震耳聋。
忽闻霹雳一声雷，青筋暴涨力无穷。
斜压向下渐挨底，不轻言败苦扎挣。
旁观众生俱惊煞，掌声啪啪不肯停。
你上我下多少次，激扬澎湃实堪惊。
壮男赛罢退场外，靓女缓缓入堂中。
淡妆素雅倾姿态，相顾低语似含情。
回看四周深吸气，细腕相接银杏凝。
令官一声比赛起，屏气凝神面微红。
左手扣桌股已颤，额头垂下背似弓。
玉臂苦斗竭全力，青眉紧皱汗渐生。
俄而敌手渐微弱，势如破竹复从容。
惊呼一片满堂沸，刮目金钗赞叹声。
巾帼不把须眉让，霸气十足藏胸中。
龙虎相争苦博弈，胜者乐饮笑盈盈。
宋师兴奋忙摄影，满堂激情久不宁。

欲知胜者皆孰是？请君自认其姓名。
醉卧喆庆鑫都竞，笑看沅娇莉甜青。
高三二三腕力赛，永载太行青史中。

这首诗是我读高三时所写。为了缓解学生的压力，班主任宋英民老师利用模拟考试结束后的休息时间，办了一场令同学们至今记忆犹新的掰腕比赛。比赛结束后，老师要求每位同学都写一篇作文，作为那几天的作业，也算是高中的一个回忆。好在这篇作文并不要求当场写完，因此我有了充足的时间进行思考。不记得当时为什么会选择写诗，但记得布置作业的当晚，一门心思扎在诗中，三个小时不曾休息，从写到改一气呵成，并且得到了高中生涯作文的最高分 55 分，这绝对是一个天大的惊喜！

今日看来，当时的文字运用水平一般，是否真的对得起这“55 分”也难下定论。但它开启了我古诗文叙事的先河，这才是其最大的意义。

大学开学时，河北省教育厅举办了一个活动，主题为“给室友父母写封信”。时值中秋放假，我没有回家，并于月圆之夜完成了这样一篇小文：

寄高航父母

大学之大，在其思想之灵魂，在其学识之星斗。寅恪先生悼观堂“独立之精神，自由之思想”，此其风骨之至也。当今学子行走终日，受缚于诸科考试，奔命于题库之中，入学伊始，久困积弊。及至大学，于思想之灵魂已遥而不敢望，病已深矣。医病之道在于心，医心之道在于悟，悟静，悟透，悟律己，悟容人，此则思想之大境界。学识之星斗贵在书，开卷有益，天道酬勤，书山有路，学海无涯，曹孟德手不释卷，吕子明刮目相看，古今千年，书山可比天高地厚。吾等学子当谨遵古训，广博群书，以书育己，育心，育明德。吾尝自勉“阅尽经史子集三万卷，通晓古今上下五千年”。正如是也。

吾与令郎十一日入学，而今十日矣。尤记初识之日，叔父叔母再三相嘱，互依互助，宽容体谅，小侄谨记。令郎热情待人，颇善言谈，喜结宾朋，众人所见，二位尊长定当欣慰。同舍六人，运城杨畅凡，晋城延宣臻，唐山高阳、董严，欢声笑语，和合而其美矣，毋念。

展望四年，男儿立志，艰难困苦，终不可少。吾等必互助互励，结六人之心为一心，汇六人之路为一路，乘风破浪，遂当年志。

书不悉意，略陈固陋。幸毋为过。

癸巳年九月廿一

这是我大学入学以来写的第一篇古文，也是我较为满意的几篇文章之一。古文写作，较少长篇大论，一来是我对古汉语运用的能力有限，写作时往往耗费大量的时间与精力，二来古汉语言简意赅，内涵丰富，简单的几个字在其背后就有着多层次的表征，因而写得越多，越可能会破坏文字的古典美。

当时选择用古汉语来写这样的一封信，并没有太多功利性的想法，纯粹是一种尝试。此前我与朋友有过赠诗题词，但古文写信还是“大姑娘上轿——头一回”。因而作此选择，以拓宽自己的写作范围，特别是古文写作的范围。只是没有料到，这一封信写出，竟引起了如此多的关注。究其原因，或许正在于这封信在写作形式上的新颖。老实说，这封信前半部分对于大学生活的看法与展望，并无过多新奇之处，后半部分对于室友的介绍自不必谈。倘若当初用白话文写出同样的观点，必然只能是流于俗套。写文章，观点与思想很重要，但是在某些场合，形式的价值要远远大于实质。

不过也确实要感谢当初的这封信，本是作为锻炼的一封信，却为我提供了太多的机遇。若非这封信，估计我也就与校报无缘了。也正因这封信，更让我看到了古诗文写作的价值，这一种本只是活在冰冷的教科书里的语言文字，在当今时代，竟依然有着如此顽强的生命力！

而后在大一下学期，河北省教育厅又举办了一个“自省行”的团日活动。有了上一次的经验总结，这一次活动我更加大胆，写起来也是劲头十足，一晚上的时间写了一首《自我介绍》打油诗：

自我介绍

学生今年刚大一，河北工业法学系。
优缺好恶理一理，希望老师别忘记。
有人说我话不多，有人说我耍嘴皮。
一个场合一个样，人送外号多面体。
平时没事言不发，辩论演讲突乍起。
成熟沉稳不敢当，遇事冷静能处理。
任你几路兵将来，我只一路破大敌。
工作再多不慌张，逐一规划有条理。
长途漫漫纵枯燥，咬牙坚持挺到底。
困境亦能苦作乐，偶尔欢歌四处起。
向与他人少争论，面红耳赤没意义。
谁是谁非谁定夺，我自办事成体系。
喜欢追求新事物，创新理念不忘记。

挑战别人从未想，大胆去做出奇迹。
世间万事皆可能，只要用心就有理。
兴趣爱好多培养，课余生活有才艺。
羽毛乒乓加台球，运动场上多欢喜。
坚持跑步很多年，即将挑战五千米。
攒过积蓄那么多，为买书看都花矣。
父亲自小现身教，谁多读书谁受益。
文史哲艺通通收，古今中外欲看齐。
虽道没有音乐才，但却梦中音乐里。
听歌唱歌又写歌，没准哪天出专辑。
高中开始写日记，坚持多年未放弃。
大一太忙时间少，没能天天拿起笔。
希望学会挤时间，特长发挥到传奇。
优点特长一大堆，缺点也要理一理。
团结意识待提高，个人主义伤不起。
他人办事少信任，事必躬亲快累死。
都说班长是领导，却像保姆都揽齐。
平日家人交流少，缺乏了解独自泣。
总觉周围皆好友，偶尔说话太随意。
所以害人又害己，及时改正不迟疑。
方法措施在考虑，但愿早日做自己。
欲问取得何成绩，小有收获仍努力。
班长工作整天忙，虽多辛苦多受益。
校报副刊写文章，优秀部员真鼓励。
人文竞赛二等奖，学业开辟新天地。
新学期有新气象，各项还想争第一。
坚持到底不放弃，定能创造新奇迹！

之前写那封信进行投稿时，我或多或少还有一些疑问，这些活动会接纳这种文章吗？而这一次参与“自省行”活动，我便少了这些疑虑，因而在文体选择时，更加放得开。选择作此打油诗，一方面这是我的特长，文字本身便已经在某种程度体现了我的特点与性格；另一方面，既然是征文，就一定要使自己的文章有亮点，有创新之处，否则只能在征文的茫茫大海之中荡然无存。最终的结果告诉我，当初的这一选择是正确的。不然的话，我可能就要错过在“中国梦·学子行”活动中认识的伙伴们了。

其实，这并不是我第一次用古诗文的形式写自我介绍。高中时申请自主招生需要写自我介绍，我灵机一动，写了七首《诉衷情》进行自我介绍。一方面要展现我的特长，另一方面也为在千军万马之中，杀出一条血路，只是不知最终得到招生方给予的考试资格，是不是与这一自我介绍有关。

诉衷情　成长篇

雄鸡一唱响神州　十年又七秋
花开烂漫时节　多少梦悠悠
昨日画　今朝绣　明来眸
胸中双雁　飞过邢州　望遍全球

诉衷情　性格篇

滚滚红尘滔滔处　漠漠帆来著
江阔苍茫海雾　刀剑裂沉浮

跃飞鹰　闯关山　擎天瀑
冬寒凄肃　年华不驻　人生大度

诉衷情　学习篇

黑发勤学正今朝　书海任逍遥
经史子集万卷　昆仑山更高
博古今　通上下　领风骚
自在遨游　千年文化　如此多娇

诉衷情　陶冶篇

紫电融光映海霞　浪踏三五家
远山翠青如画　草木见新芽
小舟挂　帘初下　雨渡瓜
有个小子　时时张望　顾盼人家

诉衷情　奋斗篇

拍岸秋风笑傲天　白羽落江边
飞扬娇子霹雳　吹罢夜阑珊
冲霄汉　豪情泪　一线天
北国烽烟　江山无限　英雄人间

诉衷情　立志篇

当年多少懒行踪　今朝梦魂中

吹沙浪打潮空　朱颜华茂松
岳山东　贯长虹　醉张弓
盘望腾龙　惊涛天涌　振我雄风

诉衷情　求学篇

十年心血皆读书　万般总不如
低头行遍山路　一举天下殊
夜久寐　心不定　静燃烛
堂前待晓　画眉舅姑　入时有无

谈及自我介绍，我不由得想起2014年看到的一则新闻。河南工业大学一名大四学生制作了一个约6米长的卷轴创意简历，因而走红网络。简历由作者用毛笔书写，使用了草书、行书、篆书等多种字体，并在重点部分用红笔进行标注。该简历的内容并无太多独特之处，但这一卷轴简历颇具创意。我对此创意表示钦佩！虽有网友认为这是学生在炒作自己，但我觉得，我们的社会，需要这样的炒作，需要更多这样的作秀！

先前几次对古诗文的运用，或多或少都还在我的风险掌控范围之内，尽管个别也带有冒险的成分。可在大二军训时（因学校施工，大一入学时未军训），为学院写过台词与方队口号，真的算是一次比较大的冒险了。

文法学院军训过台词

巍巍军风，铁血江山中国梦；滚滚热浪，文法娇儿气宇昂。英姿勃发，阔步前行锋初露；平地雷响，一抹军绿魂飞扬。

男儿汉，走四方，人不轻狂骨精钢。蛟龙出海游天宇，雄鹰振翅奋昂扬。敢效愚公移山路，不虚精卫填海洋。威武惊风豪情在，虎啸军魂见锋芒。

巾帼路，永不让，红颜争先吐芬芳。目光炯炯多坚定，英姿飒飒展铿锵。柔情似水出清秀，伟力如钢破敌强。木兰从军战疆场，文法女将正无双。

追梦想，放光芒，点亮青春迎曙光；挥汗水，洒热血，九天之上战骄阳。男儿豪情远，红妆奇志强。漫漫军国路，悠悠岁月长。

神州大地多妩媚，花红柳绿，壮阔夕阳；江山万里乾坤大，待我文法，再造辉煌。

方阵口号

汉语：大国泱泱，举世无双。千秋汉语，华夏铿锵！

法学：虎卧龙藏，鸾凤争翔。法治天下，铸我辉煌！

公管：雄鹰公管，威震河山。聚沙成塔，秣马扬鞭！

法学方阵的口号，是对高中时期班级口号的“侵权”，也不记得“虎卧龙藏，鸾凤争翔”由谁提出，但我确实佩服这样的才思。除此之外的口号和过台词，均是临危受命时所写。口号在写完之后，得到了辅导员沈老师的许可，日常训练时便已用上，效果还算不错。但这一篇过台词，我真是捏一把汗。虽然在正式使用前，也得到了沈老师的认可，但这样一篇带有古风与对仗特色的过台词，先前从未出现过，它在空旷的训练场上回响起来的效果如何？大家是否能听清楚过台词的内容？朗诵者在拿到这样的稿子时，是否会出现语词磕绊的情况？过台词的气势能否放大其震撼力并弥补语言理解性方面的不足？这些，谁也不能打保票。沈老师与我，都是这一抉择的冒险者！

而这一次的冒险，又成功了，而且效果比我想象得更好。过台词不仅通过语言精练、对仗工整、韵律性强等特点达到了增强气势的效果，也一定程度上展现了学院的特色。但让我有些遗憾的是，过台词的内容未能与方阵口号有所衔接，也没能将三个专业的特点融入其中。

这些都是我所认为的对古诗文的“巧用”，或许你也有不同的看法。

“巧用”的背后，往往也体现着其“有用”的一面。因而，不要轻易否认古诗词在当今时代的价值，它不应该仅仅存在于冰冷的教科书中，也不应仅停留于阅读、背诵的层面，而应该更多地进入文字应用领域。古诗文带给我们的，绝不应该是高中语文课堂上背诵到昏天黑地的痛苦，而应该是其不同于现在白话语言、有着深厚文化底蕴的古典文字美。

同时，在写作时，应当不断尝试着“巧用”。凡事皆应创新，文章也不例外。正如黄庭坚所言：“文章最忌随人后”“自成一家始逼真”。这里的“自成一家”，不仅仅是思想上的独特，也包括形式上的独特。体裁、结构、语言风格、表达方式等非思想的地方，也亟待创新理念的落地生根。如果内容与形式都能做到创新，精品的产生也就成了必然。

这是我关于写文章的一部分观点，不知你是否认可？我倒是期待与你有差异的地方，那将是我们今后的讨论范围，也是最有价值的地方！

祝安好！

一个理性的疯子

2015 年 11 月 19 日

又及：

西江月·遣兴

辛弃疾

醉里且贪欢笑，要愁那得工夫。
近来始觉古人书，信著全无是处。
昨夜松边醉倒，问松我醉何如。
只疑松动要来扶，以手推松曰：去。

这首词是初中时，鹏飞推荐与我。我很喜欢这一首，尤其是下片。短短 25 个字，将故事、神态、动作、语言等展现得淋漓尽致，是词一般的小说，也是小说一般的词，可见作者的功力。实属词之精品。这样一首好词在数以万计的宋词中，未能得到更多读者的赏识，可谓惜哉！

在此也分享与你！

2015 年 11 月 19 日

写作是一项孤独的事业

亲爱的另一个自己：

猛然发现自己读大学以来的写作量越来越少了。

高中时期，有一次读毕淑敏的散文，里面似乎有一句话，大意为“写作是一项孤独的事业”。当时，我觉得这句话说得很有道理，但具体好在哪里，我也说不上来。

上高中的时候，我养成了写日记的习惯。高中是一个比较压抑、比较枯燥的人生阶段，时间自然也比较紧张，繁重的课业量让广大学子们没有太富裕的时间去做其他自己喜欢的事情。但我当时，竟然还能忙里偷闲，每天写点日记。不只是日记，偶尔还会写写散文、诗歌。现在重温当年的文字与思想，确实单纯、幼稚了一些。我还记得当年因为自己这些乱写东西的习惯，跟父亲、老师有过一些争论。这些争论我在当时是不太认可的，我更希望坚持下来自己的爱好，如今反思一下，当年的争论在潜移默化中对我确实产生了不小的影响，至少成为一种内在的推动力。

高中时代的学生大多是比较孤独的，相对于其他年龄段而言。我也是如此。可能也正是由于这份孤独，当时的我才有更强大的力量，来支撑自己不断地去写下各种各样的文字。我很怀念那一种力量，因为现在似乎不太能找到了。

大学宽松了，需要处理的事情也多了，心里也就不似高中时代那么单纯。喧嚣的周围给了我更多锻炼、成长的机会，但同时也剥夺了我写作的欲望。刚入学时日记还在写，后来日记变成了周记，再后来就断了好久。幸运的是当时加入了副刊，在几位部长的催促下，还保留了一些文字记忆。

越是宽松、喧闹的环境，越会剥夺人本身应该保有的一些孤独感。这种孤独并非通常意义上的表示负面情绪的孤独，更多像是内心的宁静与独立的思考。这很重要。如果缺少了这种孤独的思考，人就很难获得真正属于自己的思想。我们每个人都生活在集体社会里，在这个社会当中，有太多的事情需要处理，有太多的人需要去交往。这样的过程是不可少的，但在这个过程中，我们很难做到与自己的心灵进行沟通，以至于有时候我们会生活在别人的世界里。

所以说，偶尔给自己提供一些独处的机会，是十分必要的。并不是将自己与世界完全地隔离开来，而是让自己有一个完全属于自己的空间。这个空间，没有别人的干涉，没有琐事的困扰。有的，只是内心如水般的平静。这独处，不需要太久，哪怕每天只有几分钟，也是好的。

而这几分钟，有时竟显得如此奢侈！

后来，我努力争取，每天或者每两三天，就一定要给自己留下一个绝对空闲的时间。这个时间里，不做其他的事情，只为了让自己大脑空白地想点什么，哪怕只是为自己营造一点点的孤独感。而我惊奇地发现，养成这个习惯之后，我的写作，竟然又不知不觉地开始了！这股力量是什么时候开始产生的，是什么时候开始变强大的，我却一无所知！

此时，我似乎明白了“写作是一项孤独的事业”这句话的含义。

喧嚣烦躁是纯真灵魂的杀手。社会越发展，人的触角越广，生活范围越大，所能获得的孤独的空间也就越少，这也就越需要我们有意识地为自己创造一个这样的空间。最开始，或许会有一定的不适应，也会为自己的懒惰寻找各种各样的借口，因而每个人也都需要一面镜子，让镜子来提醒自己："你应该孤独一会儿了"。

我把写作当成这样的一面镜子，也把它当成我的一项事业。我也希望你可以找到一面这样的镜子，并随时随地把它带在身上。

而在你找到这样一面镜子之前，请允许我担任你的这面镜子，我一定会努力尽到我的职责。在你拥有很好的自控力与自主力之时，我没有权利对你的选择与习惯进行指责，但作为与你相同的另一个我，有义务为你做一些善意的提醒，只要你愿意倾听！

近安！

一个理性的疯子

2015 年 12 月 4 日

写给另一个自己——2016

不要和猪吵架

亲爱的你：

今日与你分享一则真伪不明但道理深刻的小故事：

> 朝，子贡事洒扫，客至，问曰："夫子乎？"曰："何劳先生？"曰："问时也。"子贡见之曰："知也。"客曰："年之季其几也？"笑答："四季也。"客曰："三季。"遂讨论不止，过午未休。子闻声而出，子贡问之，夫子初不答，察然后言："三季也。"客乐而乐也，笑辞夫子。子贡问时，子曰："四季也。"子贡异色。子曰："此时非彼时，客碧服苍颜，田间蚱尔，生于春而亡于秋，何见冬也？子与之论时，三日不绝也。"子贡以为然。

这个故事出处不详，亦不知是否真实发生过，我也无意于对此进行学术上的考证。但这一饶有趣味的故事所传达的精神，值得思考。

俗话讲："见人说人话，见鬼说鬼话。"我觉得，不妨再往后面加一句："见不可理喻的人和鬼，最好不说话。"

人的一生是有限的，说话的时间和精力也是有限的，因而需要把这有限的时间与精力投入到更重要的事情中去。如果你是对的，何必吵架？你有表达自己的观点、指出对方错误的权利，对方也没有"改邪归正”的义务，因此而争吵只能是浪费口舌，是对自己的不尊重。吵架并非不可，但一定要吵得有水平，吵出风格与成果。如果你是错的，那就更不可争吵，向真理低头是一件幸福的事情，为自己的错误而狡辩，终会使自己一错再错。这时需要的是倾听，是反思，这是闭嘴的艺术，也是说话的一大境界。

可见，无论你是对是错，其实都没有吵架的理由。说话是每个人都需要慢慢培养的艺术修养，它是水平而不是能力。我们的身边从来不缺少能说的人，但缺少会说的人；不缺少能张嘴的人，但缺少会闭嘴的人。闭嘴不是认输，不是屈服。闭嘴是一种修养，一种心境明朗的气质，一种尊重自己、以退为进的精神。

正如庄子所言：“井蛙不可以语于海者，拘于虚也；夏虫不可以语于冰者，笃于时也；曲士不可以语于道者，束于教也。”

闻君一席话，胜读十年书；跟猪一吵架，愧对十年书！

不要和猪吵架，否则溅得你一身污泥，最终反而分不清谁是猪！

与君共勉！

一个理性的疯子

2016 年 1 月 4 日

又及：

行多必过，言多必失。多数情况下，话讲得越多，也越容易给“猪”留下把柄，终受其害。这既算是不要和猪吵架的原因，也算是要学会管住嘴的原因。少说，多听，是一种难得的品质，也是对自己内心的一种调节。我们平时太注重张嘴的重要性，或许对于闭嘴，关注得还不太够。

从前，有一个年轻人去向一位雄辩家学辩论，见到老师之后，他就口若悬河地说了一通，赢得周围一片赞赏，自己也是信心十足。但是，老师却说，“你表现得很好，因此我需要收你双倍的学费。”学生愣了。老师解释道：“因为我在教会你如何使用自己的舌头之前，要教会你如何管住自己的舌头。”

故事很简单，但让人受益良多。

祝安好！

一个理性的疯子

2016 年 1 月 5 日

怀念阎肃老先生

亲爱的你：

惊闻阎肃先生逝世，悲痛不已！

不知你是否听过阎肃这个名字，但他的作品你必然耳熟能详。

阎肃先生为我们留下了太多太多优秀的作品。《敢问路在何方》作为电视剧《西游记》的片尾曲，深深地刻在每一个中国人的脑海里。据说当年许镜清先生的曲谱完成后，邀请阎肃先生填词，先生苦思几日，始终没有得到太好的灵感，急得老先生在屋子里来回踱步，儿子打趣地说："地毯都被你走出一条路来啦！"这一句打趣瞬间激发了先生的灵感，他又想起鲁迅先生的"其实世上本无所谓路，走的人多了，也便成了路"，两相结合，提笔写下"敢问路在何方，路在脚下"。这一句，既是歌曲的灵魂，也点透了《西游记》的主旨。

《唱脸谱》的旋律简单而又富有韵味。近些年非常流行中国风歌曲，而《唱脸谱》绝对称得上中国风歌曲的鼻祖。这首歌曲有说有唱，有流行歌曲的部分，也有京剧的唱腔，可以说是将京剧唱腔与流行音乐做出了完美的结合。这样一首歌曲，对流行音乐、对京剧都有着极大的影响，以至于很多外行人以为这是京剧选段，将其看作京剧的象征。今后的中国风歌曲或者说戏剧音乐，想要超越《唱脸谱》，实在是太难了！

《前门情思大碗茶》以老北京的大碗茶文化为背景，整首歌曲既讲述了故事，也唱出了情怀。老北京的大碗茶，已经突破了茶水本身固有的意涵，它已经成为老北京的文化缩影，成为老一辈北京人对故乡的记忆与怀念。这首歌歌词丝毫没有华丽的修饰，仅仅是一个故事。而这故事，勾起了无数回忆，令人不禁热泪盈眶！

最让人拍手叫好的，当属由那英演唱的歌曲《雾里看花》。曾经我一直以为这是一首爱情歌曲，或者是一首感叹人生的歌曲，可后来才知道，这竟是一首打假歌曲。1993 年是《商标法》颁布十周年，为表纪念，央视“3·15”晚会特意邀请阎肃先生写一首打假歌曲。这下子可难坏了老先生。打假还要写歌？还要让大众接受？要为这样一件毫无美感的事情写一首充满美感的歌曲？老先生冥思苦想多日，终于从《白蛇传》中的“慧眼”一词找到灵感，将打假比作“慧眼”，将假货泛滥、难以识别比作“雾里看花，水中望月”。整首歌曲极具古典美与想象力，没有“打假”二字，但将打假的困扰与精神展现得淋漓尽致，着实令人拍案叫绝！

艺术来源于生活，又高于生活。当年金庸笔下小龙女“睡绳子”的功夫，取材于金庸早年睡极窄的长凳时的经历，如果没有这一经历，“睡绳子”功夫也无从发现。同样，阎肃先生歌曲中丰富的想象力与深厚的文化底蕴，如果没有多年的积累，断然是发掘不到的。

先生之才令人叹服，先生之德更令人钦佩。

老骥伏枥，志在千里。阎肃先生从不服老，纵然是八旬高龄，依然活跃在电视屏幕上，担任《青年歌手大赛》《我要上春晚》《星光大道》《歌从黄河来》等节目的评委，始终与青年人保持着密切的交流。这种为文艺工作奉献终生的情怀，让我们这些后人心生崇敬，又自愧不如。

电视机上的阎肃先生，总是一张慈祥的笑脸，讲起话来温文尔雅。但据与阎肃先生合作过的演员们说，他在工作之时十分严谨，甚至都到了苛刻的地步。在对节目进行筛选时，遇到好的节目，会极力称赞，但遇到不合格的节目，便会果断砍下，不留情面。老先生的每一个选择，都有理有据，让那些被毙掉的演员同样心服口服。

阎肃先生作品的最大特点就是接地气，从来没有高高在上的感觉。这是其艺术的体现，也是其人格的写照。他是我国目前级别最高的军队文艺创作人员，但没有一丝一毫的官架子、星架子，无论是和同行、朋友，还是和其他广大群众，老先生始终和蔼可亲，与各个行业、各个阶层的人，都能打成一片。如此好的人缘和口碑，使太多人望尘莫及！

阎肃先生去世后，网上出现了罕见的“阎肃现象”，即无论行业、无论男女老少，都对老先生表示敬重与怀念。近几年来，这样的场面非常少见。“阎肃现象”不仅是对先生的怀念，更是对文艺界的期盼，期盼着文艺界的发展，期盼着一代又一代“阎肃”的出现。

今后再不能看到先生的笑脸！

今后再不能听到先生的声音！

或许先生离开了我的世界，但是进入了你的世界！

愿我们一起怀念阎肃老先生，学习先生之才，追慕先生之德！

追思，尚飨！

一个理性的疯子

2016年2月13日

茶道人生

亲爱的你：

最近看到了这样几句关于茶的评论，觉得很有道理，在此分享与你：

一、绿茶：好比刚出生的婴儿，像一片嫩芽，生命力很旺盛的样子。

二、清茶：好比正在成长的少年，像一片无际草原，显出勃勃生机。

三、冻顶：好似走向成熟的青年，像一片森林，能担负起天下的责任。

四、铁观音：正值壮年，像伟岸的高山，最能代表阳刚气。

五、白毫乌龙：像妩媚的女性，如一片迷人玫瑰花海，是阴柔茶的代表。

六、红茶：如慈母一般，好似一片染红了的枫叶林。

七、普洱：如同普度众生的老和尚，尝过之后就像是摆脱了尘世一样。

看完之后，我也不自觉地对号入座，也深感茶文化的奥妙。我最喜欢铁观音和普洱，两种在品评上似乎有一些相反的茶。必须承认我不懂茶，只是喜欢喝，喜欢淡淡的茶香。铁观音的清香令人陶醉，不是柔情的陶醉，而是一种胸怀之中包含的开阔境界。普洱的醇香之中蕴含着历史的沧桑，很洒脱，又很厚重。

茶是中国非常具有标志性的饮料，至今已有几千年的历史。古时候，茶在人们的日常生活中占有相当重要的地位，“开门七件事，柴米油盐酱醋茶”，由此可见一斑。“无由持一碗，寄与爱茶人”“叹息老来交旧尽，睡来谁共午瓯茶”“休对故人思故国，且将新火试新茶”，这些与茶有关的诗词也呈现了古人与茶难舍难离的生活方式。

高中时，我养成了喝茶的习惯。但那时喝茶，纯粹是因着茶叶的提神功效。没有什么独特的喜爱，能提神的茶便是好茶。后来的一件事，让我对茶有了新的认识与思考。

2010年教师节，我和班里其他几名班委决定利用课间，一起去老师办公室，代表全班同学，为辛苦的老师们奉上一杯敬师茶。老师们十分感动，特别是班主任宋老师，激动得把茶叶都吃了下去。这一件事，想必同学们和老师们终生难忘。普普通通的茶叶，简简单单的仪式，竟演绎出一段不普通、不简单的时光，即使当时的我们用的不是茶，而仅仅是一杯白开水，也一样能起到很好的效果。但茶的存在，为这短暂的时光赋予了新的含义。也正是那一天，我似乎体会到了茶对于人生的象征意义。

茶是一种非常古老的饮料，与咖啡、可可并称为“世界三大饮料”。茶的功效多样，如提神醒脑、降低血压和胆固醇、缓解压力和焦虑、提高免疫力等诸多保健作用，不胜枚举。不同的茶有不同的属性、功效，若能长期合理地饮茶，对人的身体健康大有好处。早年间，人在口渴之时，最先想到的，可能不是白开水，而是茶。苏轼的“酒困路长惟欲睡，日高人渴漫思茶”便是一个证明，北京有名的“大碗茶”，也是如此。当年的北京，街头巷尾都是这种大碗茶，并不似品茶的讲究，也不是纯粹地把茶当水喝，而是追求这一种“老北京大碗茶”的感觉：“世上的饮料有千百种，也许它最廉价。可谁知道？谁知道？谁知道它醇厚的香味儿，饱含着泪花，它饱含着泪花……”这感觉，也塑造了当年北京独特的“大碗茶”文化。

茶是一种重要的交流工具。比如茶话会，举办茶话会并不主要是请大家来品茶，因为如我这般的大多数的现代都市人也不懂得品茶，农村就更少了。其主要目的在于以茶会友，将茶话会当作一个平台，以茶为载体，给大家营造一个悠闲宁静的氛围，让大家畅所欲言，交流感情。在古代，中国有很多很多的茶馆，据说最兴盛的时候，茶馆的数量可以和酒楼一拼高下。天津本地的相声馆也是茶馆，“听茶馆相声”也成了天津最重要的名片之一。相声艺人的这一选择不仅是利用了茶的饮用功能，也是看中了茶所承载的交流价值。但是现在就不行了，茶馆基本上已经成了高消费区域。不过，这一种形式，或者说这一种载体，终究是流传了下来，给人们的生活增添了丝丝乐趣。

茶是一种修炼个人品性的生活方式。茶能使人宁静，其中有茶对人的生理作用，比如茶本身含有的一些元素可以舒缓人的神经。但是最主要的，是人的心理在起着作用。喝茶时，讲究放松坦然，心无杂念，这时才能感受到茶的美妙之处，这也是茶和酒不同的地方。我在心烦意乱或者压力特别大的时候，也会选择细细地喝几杯茶，寻求一份本应有的宁静。这一过程，并不要求茶具多么高档，茶叶多么昂贵，只为那一种心静如水的感觉。不要求多么严苛的泡茶程式，能闻到茶叶淡淡的清香，就够了。或许我还是个粗人，不懂得喝茶的奥妙，但我确实很喜欢这种感觉、这种味道。

天然的喜爱与内心深处的敬重与接受，比单纯的懂更重要。

期待着将来的某一天，有幸与你共品清茗，哪怕是两个外行人，点评着内行的门道！

顺祝近祺！

一个理性的疯子

2016 年 2 月 17 日

《十里红妆女儿梦》

亲爱的你：

首先，分享一首浪漫的诗与你：

待我长发及腰，少年娶我可好？
待你青丝绾正，铺十里红妆可愿？
却怕长发及腰，少年倾心他人。
待你青丝绾正，笑看君怀她笑颜。

不知何时开始，“待我长发及腰”体走红网络，一时间成为浪漫、长相厮守的代名词。而这句“待我长发及腰”，便出自何晓道先生的名作《十里红妆女儿梦》。

《十里红妆女儿梦》主要讲述的是浙东一带的嫁女风俗，以女子婚嫁为主线，展现了浙东女子自出生到死亡的生命历程。全书共分为“女婴”“缠足”“闺房”“女红”“婚嫁”“花轿”“礼俗”“婚房”“妻妾”“为人媳”“屏画和生殖”“贞节”“精雕细琢美红妆”十三个章节，基本对应女子一生中的各个阶段。而且每一章节都配有大量精美的实物图片，令读者叹为观止。

作为北方人，我眼中的江浙女子，大多清新脱俗、端庄秀气，水灵灵的样子招人喜爱。江浙一带多富商，受男尊女卑的思想影响，富商多会早日培养儿子，将来好传继家业，因而富商之子早早地就要与父兄外出，打拼生意。而富商的女儿，常年居家，也会被父母视为掌上明珠，倾其全力以供养，并最终为其寻找好的归宿。对于富商而言，最能体现其对女儿的爱、最能展现其家门威望与地位的，往往是女儿的婚嫁。为此，江浙一带的父母，尤其是富商，会不遗余力、不惜重金打造女儿的婚礼，这场婚礼的准备，也往往自女儿出生那一日的“女儿红”便开始，长达十余年。这十余年所缔造的成果，就是女孩们最为期待的“十里红妆女儿梦”。

“十里红妆”，指在女儿出嫁之日，第一个挑着嫁妆的挑夫走进夫家大门之时，最后一个挑夫还没有走出女方家门，送嫁妆的队伍绵延十余里，尽显嫁妆之多、婚礼之奢华。当时的嫁妆与我们如今的嫁妆范畴不一样，那时的嫁妆涵盖家具、化妆品、生活用品、服装、首饰、轿子等所有能预想到的女子的一生应用之物，甚至女子的棺材也在嫁妆之列，这棺材也必定是上等的工艺品。之所以要这样做，一方面展现女方家长的富贵地位，另一方面也提醒男方家人，“我的闺女不需要你养活，你只需一心一意地对待她”。当然，真正能做到“十里红妆”的毕竟是极少数，但所有的江浙家庭都会尽其所能为女儿准备丰厚的嫁妆，努力实现掌上明珠的“女儿梦”。

以花轿为例。轿子在古代的地位，与如今的汽车是一样的。它不仅是富贵人家的交通工具，也是身份地位的象征。古代男子向女子告白时，常用“八抬大轿娶进门”以示爱意，这“八抬大轿”往往也象征着最高规格的婚礼。先前我与你所讲的《锁麟囊》中，薛湘灵与赵守贞二人出嫁之日，就有着明显的花轿比较。薛湘灵出身大户人家，其所乘花轿也是量身定做，极尽奢华；而赵守贞无钱无势，其花轿青布破幔，十分简陋。富贵人家不惜重金打造女儿的花轿，尽管这一顶轿子只在女儿出阁之日使用一次，也是值得的。因此，花轿在某种程度上，是“女儿梦”的集中体现，是女儿们最大的期盼。

在该书的序言中，何晓道先生被赞为“懂女人、了解女人和爱女人的男人”。读完此书，更觉评价之中肯。何先生在这本书中，通过精美绝伦的图片、唯美而不失真的语言，将“十里红妆女儿梦”刻画得细致入微，读罢令每一个女孩，甚至如我这样粗野的男子，都对“女儿梦”充满了向往。这样一本民俗学著作，已经突破了它本身的范畴，它所描绘出的梦境，比小说、散文的塑造，更加绚丽美妙！这样的男人，不仅征服了女人，也征服了男人！

为了还原真实的江浙风俗，作者在追寻美梦的同时，也毫不避讳地写出了女子的噩梦。特别是开篇处的“女婴”一章，讲述女孩出生时的悲惨，每每想起，都会令人不寒而栗。“唯有一事，不可饶恕。何事？无子无孙。”为此，很多男子为了传宗接代，娶妻纳妾，企盼儿子的降生。如果所生都是女孩，这男子必定被众人耻笑。为表决心，男子在女儿出生之时，甚至会将女婴直接按在马桶之中溺死。由于婴儿在母亲的羊水中成长，因而要想将女婴溺死，必须要按在桶里很久，婴儿的惨叫声令人毛骨悚然。周围看客众多，大家不仅毫不劝阻，反而会主动帮忙，为其喝彩，认为这是男子有孝心、立志为家族传递香火的高尚表现。能够活下来的女婴，都是幸运儿。

绣楼，听上去是如此美妙。绣楼作为女子的闺房，见证了女子的成长。但那些装饰豪华的绣楼，又何尝不是变相的女子监狱？女孩儿没有自由，她们走不出绣楼，她们的世界，就是绣楼上那一扇小小的窗。大家闺秀的端庄背后，竟是如此凄凉！陈颙导演的绝笔之作话剧《立秋》中，丰德票号之主马洪翰的掌上千金为等待留学归来的未婚夫许昌仁，遵循祖制，在绣楼上独守六年，只等得家败人散、万事一场空。“天地生人，有一人应有一人之业；人生在世，生一日当尽一日之勤。勤奋，敬业，谨慎，诚信。”如此的豪言壮语，如此的立业之基，在绣楼之外掷地有声，在绣楼之内却毫无声响！这绣楼，究竟是对女儿的爱，还是对女儿的压迫？在当时的年代，这个问题没有答案，或许也根本不需要答案。

“十里红妆女儿梦”，这是一场华丽绚烂的美梦，也曾是一场刻骨铭心的噩梦。

何晓道，这个最懂女人的男人，用他最独特的笔法与视角，还原了这样一个又一个的“女儿梦”。在婚嫁风俗趋同、婚嫁内涵淡化的今天，何先生担当着一位“十里红妆女儿梦”的拾遗者，为我们再现了当年的梦境，也为无数女子营造了一片新的梦境！

2008 年，王晓鹰导演执导的舞剧《十里红妆·女儿梦》在宁波首演，并在全国范围内引起了巨大的轰动。这部舞剧将江浙一带的女儿梦搬上舞台，向世人展示着那独特的一抹红妆。

这一抹红妆，是对梦的向往，也是对人的呼唤！

《十里红妆女儿梦》，一部书，一台剧，值得细细品味！

期待与你的交流，展望你的梦境。

祝安好！

一个理性的疯子

2016 年 2 月 21 日

巨星的陨落

亲爱的素未谋面的自己：

今天，在网上无意间看到两张罗纳尔迪尼奥的照片。而这两张照片，产生了令人惊讶与惋惜的强烈对比！

这两张照片均摄于多年之前。一张照片是巅峰时期的小罗，赤裸着上身，一身腱子肉处处散发着球王的魅力；而另一张，是AC米兰绿茵场上赤裸上身的小罗，松散的肌肉之外已经有了太过于明显的赘肉与肚腩，完全不像是足球巨星的身体。从这两张照片看，巨星的陨落或许也就成了必然。而那时的小罗，仅仅30岁，一个本应是球员如日中天的年龄！

罗纳尔迪尼奥的成功难以复制。2002年，一脚35米开外的世界波任意球进球，在韩日世界杯的空气中弥漫，让全世界的球迷们对这个名字产生了深刻的印象。随后，2003年，巴黎圣日耳曼的财政危机迫使其不得不放弃这位桑巴天才，而此时正在大刀阔斧进行改革的巴塞罗那迎头赶上，竭尽全力，在曼联即将签约小罗之际，半路杀出，与小罗签下了五年的合约。此时的巴塞罗那，将小罗看作救世主，希望从天而降的小罗可以拯救巴塞罗那，帮助巴塞罗那重回西甲巅峰。小罗不负重托，帮助球队在2004—2005赛季获得西甲冠军，并于2005—2006赛季成功卫冕。之后，2006年，小罗率领巴萨取得了阔别已久的欧冠冠军。此间，2004年与2005年，小罗蝉联世界足球先生，并荣获2005年欧洲金球奖。特别是2005年，在伯纳乌球场，面对拥有齐达内、罗纳尔多、劳尔、贝克汉姆、卡西利亚斯等众多天王巨星的“银河战舰”皇家马德里，罗纳尔迪尼奥狂野而洒脱，用他那曼妙的桑巴舞步以及两粒精彩绝伦的进球，“羞辱”了他的足坛前辈，赢得了来自对手——皇家马德里球迷的掌声。不可一世的皇马球迷，看到了足球的魅力与精神。这掌声，是对小罗最崇高的致敬，是对这位足球天才毫无保留的赞美与惊叹！

巅峰时期的罗纳尔迪尼奥已然成为令人恐惧的“足坛杀手”，令其对手们闻风丧胆，即便是如今处于巅峰时期的梅西、C罗也不敢轻易去挑战当年罗纳尔迪尼奥的才华与成就。但令人唏嘘不已的是，这位获得过无数掌声的桑巴巨星，却因为私生活问题，不断受到外界的质疑，并因此而渐渐离开了人们的视线。

在当年效忠巴黎圣日耳曼时，小罗的私生活问题就已经受到了教练的指责，但桀骜不驯的小罗丝毫不予顾及，这也使巴黎圣日耳曼的教练与高层官员无可奈何。随后的巴塞罗那、AC米兰以及国家队教练也都遇到了相似的问题，但小罗的足球天赋实在是难以替代，这使得俱乐部和国家队的教练只能趋利避害，甚至对其睁一只眼闭一只眼，只要小罗的私生活不影响其正常训练与比赛，便不再过问。最初的几年，年轻的小罗并未明显受到私生活的冲击，但几年之后，私生活的影响便显现出来。2006年世界杯上，小罗的表现明显有失大将风范，而后在俱乐部中，也多次出现彻夜不归、训练不专、精神涣散的情况，这也引起了教练和队友们的强烈不满。2007年开始，小罗的状态有着明显的下降，尽管2008年和2009年有过短暂的“回光返照”，但与其巅峰时期的状态已经不可同日而语。2010年南非世界杯的巴西大名单上，罗纳尔迪尼奥的名字并未出现，时任巴西队教练的邓加毫不避讳：“我不希望罗纳尔迪尼奥的作风影响到我的团队。”但这次重创并未让小罗清醒，他仍然一如既往地过着灯红酒绿的生活。而后果，便是离开AC米兰、离开欧洲，离开足坛的最前线。

每个人都有选择自己生活方式与生活理念的自由，小罗也是如此。作为一个在贫民区成长起来的巴西少年，小罗对于取得成就、对于改变生活现状、对于富贵奢华的生活，有着太多的渴望，这又何尝不是太多人的梦想？作为旁观者，我们并没有资格去对其进行任何指责，因为有可能，这是他所选择的生活方式。喝酒、狂吃、逛夜店，“小罗的足迹遍布欧洲的球场，也遍布欧洲的夜店”，只要他的做法不违法、不违背人伦道德，除了他的利益相关者，旁人确实无法干涉。

作为球员，小罗是成功的，他用短暂的几年时间拿到了大满贯的荣誉，这让如今的绝代双骄——梅西与C罗都羡慕不已。但他的事业滑坡，也是其私生活不检点的必然结果。如果小罗能够早早地意识到自身的问题与危机，抵制住外来的种种诱惑，或许“梅罗时代”的到来会推迟多年。就是这不羁的私生活，将当年无可匹敌的小罗拉下神坛，拉到了一个远离人们视线的世界，使其几乎不可能再通过足球来重新获得全世界球迷的关注。

何以进行评价？

唯有“可惜”二字！

由此可见，不管你有多么大的成就，生活作风问题必然会成为你的羁绊。对于一个有梦想有追求的人来说，在追逐梦想的道路上，凭借其坚忍不拔的毅力，总能够抵制住身边的诱惑，培养健康合理的生活习惯与生活方式，让自己保持旺盛的精力与强健的体魄。成名之前的罗纳尔迪尼奥当然也是如此。但是，一座又一座奖杯有可能刺伤你的眼，一次又一次的掌声有可能魔乱你的心，一束又一束的鲜花有可能将你指向一个与来时不同甚至完全相反的方向。这时的你，就面临了严重的危机。而这危机的解决，只能依靠自己。

我并非一个禁欲主义者。每个人都有独特的性格，在这一性格之下，也会形成独特的私生活方式。生活方式无所谓对与错，就如先前所说的小罗的生活，喝酒、爱美食、逛夜店，这些都不是禁区。喝酒是生活中太普遍的现象，爱美食在当今社会有时都成了“秀可爱”“吃货”的时尚标签，逛夜店在日益开放的社会也早已不是一件保守的事情。足坛中有这三种爱好的球员不在少数，甚至每届世界杯期间的红灯区性交易的收入都已经成为公开讨论的话题。因此，不要轻易地对喝酒、逛夜店等传统观念中的某些“坏习惯”进行单一性的定义与评价，因为生活方式如现代高新技术一样，本身无所谓好与坏，关键在于如何利用。

因此，一定要学会掌控自己的私生活。不仅在成长期与奋斗期要克制自己，更要在成功之时不断地提醒自己，你还有更重要的事情去做。“此刻不务正业，将来老大无成。若听外人煽惑，终将荒废一生！”适当的放松有益身心，但万不可掉入私生活的温柔乡，否则，所有的努力都可能前功尽弃，一切追逐多年的梦想必将化为泡影。

道理很简单，我也不必多说，也可能你比我更明白。今天只是想写出来，为自己、也为素未谋面的你提个醒。希望未来的我们，都不会在追逐梦想的道路上，犯这个低级的错误！

顺祝近祺！

一个理性的疯子

2016 年 2 月 24 日

夕阳下的女佣

亲爱的你：

昨天，朋友邀我为他推荐一部关于孝道的电影。最先映入我脑海的，便是2012年许鞍华导演的“夕阳下的女佣”——《桃姐》。确切地说，这部电影的主题，并非严格意义上的孝道，因为女主人公桃姐非但与男主人公罗杰没有血缘关系，还是罗杰家里的女佣人。但《桃姐》所传递出的主仆之间的温情，却比狭义上的孝道更加具有触碰人心的力量。

2012年我便看过这部电影，当时是完全冲着影片的荣誉而来。《桃姐》不仅在威尼斯电影节和台湾金马奖上战果卓著，更是包揽了香港金像奖的五大核心奖项（最佳导演、最佳编剧、最佳影片、最佳男主角和最佳女主角），这也是继《女人四十》之后，第二部包揽香港金像奖五大核心奖项的影片。更令人敬佩的是，这两部香港金像奖大赢家影片，皆出自许鞍华之手。昨日向他推荐之后，我再度欣赏了这部触人深心的作品。

《桃姐》是许鞍华导演在香港养老院饱受诟病的背景下拍摄的。电影剧情至精至简，叶德娴饰演的女主人公桃姐是一位女佣人，在刘德华所饰演的男主人公罗杰家里生活了六十多年。桃姐晚年不幸中风，身体状况日渐恶化。因工作繁忙，又无能力照料，罗杰将桃姐送往敬老院，并为桃姐养老送终。整部影片的剧情毫无跌宕起伏，从头至尾也没有一丝丝激烈的冲突与碰撞。而这部影片的成功之处，便在于“大音希声，大象无形”，用至精至简的镜头，展示了每个人灵魂深处的温情。

罗杰与桃姐之间，存在着明显的主仆关系。桃姐从罗杰的爷爷以至于太爷爷那一代年间，便已经到了罗杰家中。六十年的朝夕相处，桃姐在家中的“资历”可以说比罗杰高得多。但是，二者的主仆关系不会因此而发生改变，影片中桃姐为罗杰做他最爱吃的饭菜，罗杰旁若无人的少爷表情与姿态，让二人之间的这种严格的主仆身份体现得十分明显。可以说，电影开端部分的罗杰少爷，并不是那么招人喜欢。

但是，桃姐在中风之后，罗杰自知无时间也无能力亲身照顾桃姐，便四处为桃姐寻找敬老院。入住敬老院之后，桃姐最初感到惶恐与不安，他对于敬老院里的诸多人和事，都有着本能的抵触。罗杰对她的看望，给了她必要的心理安慰，或许也正基于她本人固有的身份，她也逐渐接受了这样的现实。此间，令我印象深刻的一幕，便是养老院中的人出于好奇与羡慕，问桃姐罗杰是不是她的干儿子，桃姐竟一时无语。这无语，我想，既有桃姐本人对自己仆人身份的掩饰，也有对罗杰的一种难以名状的期待。而罗杰的一句“是啊”，不仅消除了桃姐的种种忧虑，也使两人之间的感情有了质的升华。

之后，罗杰说要带着桃姐去参加电影的首映仪式，桃姐最初有些怯意，但更多的是这突如其来的感动让她难以掩盖自己的情绪。那一天，桃姐努力打扮自己，穿上了她最漂亮的衣服，在首映仪式上看到了很多之前从未见过的东西。见过了太多的明星们带着经纪人、带着俊男靓女去参加首映，又有几个人见过明星带着父母去参加盛大典礼的呢？更何况，桃姐不是罗杰的父母，不过是一个上了年纪的女佣人。罗杰，为夕阳下的女佣，开启了一个新的世界！

桃姐是一个十分挑剔的人，她的挑剔在菜市场小商小贩的眼里，都是出了名的。她在住养老院期间，为罗杰寻找新仆人时显现出来的苛刻，让不知情的人难以接受。

“你知道哪里能买到新鲜的红山鱼吗？我老板只吃活的海鱼。”

“小姐，做饭一定要用瓦锅，煮出来的饭最香。”

如此苛刻到有些变态的条件要求，放在其他人身上，会使人觉得不可理喻。但是放在桃姐身上，这些苛刻，竟显得如此从容与自然！

而影片中，最令我感动的，是一个嘻嘻哈哈的镜头。在桃姐住养老院期间，罗杰带着几位朋友回家做客，而这几位朋友最想念的，便是罗杰家里的女佣人桃姐。借此机会，他们一起打电话给桃姐，嘻嘻哈哈地与这位老人开着“忘年之交”一般的玩笑。在这里，这几位客人，简直不像是罗杰少爷的朋友，更像是与桃姐有着深厚情感的家人。桃姐的温情与诚挚，已经在不经意间，散播到了与她相识的每一个人。这种温情与诚挚，在与桃姐接触之时，丝毫感觉不到。而当桃姐不在身边之时，这份对温情与诚挚的怀念与感伤，爆发得竟是如此强烈！

在影片的嘻哈声中，我的眼泪夺眶而出。

因笑声而落泪，人生不可多得！

影片以桃姐的去世而宣告结束。桃姐走得很安静，难以想象的安静。没有烦琐的仪式，没有凄厉的哭喊，没有其他任何过于复杂的雕饰。这也是许鞍华导演的功力所在。桃姐的一生平静如水，整部影片也一直稳步流淌；桃姐为仆一世毫无风浪，整部影片情节同样毫无波折；桃姐的一生孤独而又幸运，整部影片也是淡若水而又暖似火。这样的结局，符合电影的基调，符合桃姐一生的基调，也符合桃姐与罗杰之间这种微妙的关系基调。整部影片看上去毫无亮点，但是看完之后，闭目回想，却处处都是经典！

每个人都希望自己的身边能有一位桃姐，而又有谁，愿意去做罗杰？

西装笔挺的绅士，你之手所牵的，不一定非得是楚楚动人的靓女，更应该是那些“粗布衣、素罗袍”的老人。那些你所陪伴的老人，恰是每个人一生中，最华丽、最永恒的装饰！

顺祝春安！

夕阳下的桃姐与罗杰

2016年3月1日

谈一谈伤感情的钱

亲爱的你：

俗话说“谈钱伤感情”，可如果不谈钱，可能会更伤感情。

从小到大，父母在钱这方面对我的管控很宽松，一般不会对我有过分苛刻的要求，而是给予我充分的自主权。还好我大体上不负重托，至少自我感觉如此。我觉得这个理念很好，我也会努力传承他们的“衣钵”。

在这方面，我有点自己的考量，今日把这经验分享给你，以供参考。

花钱是一门技术，也是一门艺术。有的人善于理财，虽不富有但是过得很滋润，这些是当之无愧的理财大师；有些人虽然富有，但是在花钱这门艺术上，显得不太有品位。尽管每个人都有不同的需求，但有些地方，大家还是相通的。

有些地方，用钱不可吝啬。比如，在读书、培训、技能学习、艺术欣赏等文化教育方面，绝不可省。尽管如今文化教育的成本越来越高，但从长久来看，其回报率不可估量。在饮食、看病等身体健康方面不可省，如果在这方面过于节省，后患无穷。不节省不意味着要胡吃海塞，而是要选择适合自己的食物，条件可以的话，也应当请人帮忙制订一份属于自己的健康食谱。不要选择垃圾食品，卫生质量一定要有所保证。在人际交往方面不可省。随着人际圈的扩大，人际交往方面的支出比例会越来越大，但这一笔支出是十分必要的，它有利于树立起良好的人际形象，为你我长久的发展铺设道路。

多数地方，用钱应该适当。人需要休闲，每个人也都有不同的休闲方式，这也是热爱生活的一种体现，比如唱歌、看电影、旅游等。生活应该享受，也值得享受，但如果把满足自己小小的欲望当作对生活的享受，则是不适当的。也就是讲要休闲有度，过度的休闲不仅是金钱的浪费，也是对自己的不尊重。在日常生活，比如住房、生活用品等方面，要选择适合自己的。品牌不是奢侈，适合自己才是真正的精神上的奢侈。要养成知道自己需要什么、掌控自己生活物品的习惯，适当地留好备用，但不必过多，用品应当齐全，但不是繁杂，如果有可替代的用品，我觉得不必再准备新的。

有没有哪些地方是绝对不值得花钱的？除了违法犯罪、违背人伦道德的事情之外，我没太想到别的。一方面，市场经济本身有着内在的调控作用，投放到市场上的产品、服务，一般都会有其值得消费的价值。另一方面，每个人也都有不同的需求，有可能我觉得没必要的，在你看来却很有必要。

大体上说，任何花费都没有绝对的对与错，但一定有适当与不适当。如我之前所说，用钱不可吝啬之处与用钱应该适当之处，区分得也不是很严格，我只是总括性地表达一下我的倾向，具体操作起来，都要以适当或不适当为标准。在适当的地方，多花费一点甚至奢侈一些，也是可以的；而在不适当的地方，即使是文化教育、身体健康等本不宜吝啬的方面，用钱都算是浪费。

节俭与小气，是两个截然不同的概念，我们应该用更多的时间与经历，来体会这两个概念的内涵与深意。三五个好友，在一个小餐馆里要几个家常菜，吃不完打包带走，这叫节俭，绝不叫小气。而家缠万贯，但是从来舍不得请客吃饭，用起钱来缩手缩脚，我觉得这就不叫节俭，而是小气了。同理，浪费与大方也是如此，反过来理解即可。

中国有很多古话都是讲这些的，如“穷家富路”“成由勤俭败由奢”等，所以，要争取大方而节俭，万不可小气又浪费。

在读书求学的阶段，适当地打工赚钱既能够丰富自己的阅历，也能够锻炼自己的能力。但是，如果为了打工赚钱而耽误了学业，则显得得不偿失。此处我用的是“耽误”而不是“荒废”，因为等到荒废时才反应过来，就有些晚了。依我个人的观点，读书求学阶段，好好学习是第一要义，错过了这个阶段，今后再难有如此纯粹的学习环境；而毕业之后，到退休之前，所有的时间和精力都要围着工作转，故而不必急于投入到工作当中。读书期间的打工只可作为一种辅助，这一定位应当明确。除非你有较大的信心，觉得打工或者创业能够为你带来更多的机遇。这是另外一个问题，届时我们再予以探讨。此处所说的，仅为通常性观点。

用钱的力度，应当与自己的身份、财力相适应。财力不足的时候，不必打肿脸充胖子，偶尔一两次或许还能撑得下去，但时间一长，各种问题就会久存积弊。而财力充足时，也不必以勤俭为由，对自己过于严苛，朴素大方的用钱方式会帮助我们树立起一个良好的人际形象，也有利于更好地融入周边生活、工作的圈子当中。

钱是好东西，我至今没有发现谁会嫌自己钱太多，大家总是抱怨自己钱太少，因而会拼命、耗青春式地工作。有时这种做法确实是重压之下的无奈之举。钱不必太多，够用就好。一味地为钱奔波，对自己、对家庭，都是一种伤害。当然，钱也不能太少，想要活得安稳舒适，工作生活两不误，一定的财力十分必要。况且，每个人生活的世界里，都不只有自己，还有相依相伴的家人，所以，要努力赚钱，至少让自己与家人能够生活，而不是生存。

君子爱财，取之有道。我们可以互相监督，倘若谁采取无道手段取财，必须要受到严格的惩罚！

今天写得可能有点太零碎了，也不知详略是否得当，领会精神就好。在赚钱与用钱这方面，我也在不断摸索，以后有新的想法了，可以继续探讨。

即候时安！

一个理性的疯子

2016 年 3 月 11 日

我的“两不原则”

亲爱的素未谋面的自己：

父母对孩子寄予厚望，是无可厚非的事情。哪有父母不望子成龙、望女成凤呢？但有些父母对这种望子成龙或望女成凤的心态，可能自我把控得不是太好。今天的这封信，或许也会奠定将来我与孩子之间的教育基调。

有些父母在这方面的心态表现得不是很明显，因而他们经常对孩子说健康快乐是第一位的，对于孩子的学业、事业抓得不是很紧，更多的是提醒，而非强制或者强调。这一类父母应该属于“淡定派”，不会给孩子施加过重的压力，也不奢求孩子未来能取得多么大的成就。但如果孩子们将来真的成就辉煌，这些“淡定派”的父母或许也就不淡定了，毕竟看到孩子的成就远比这些父母看到自身的成就，更加觉得骄傲。

而有些父母的心态，则不那么淡定。他们会较为严格地抓孩子的教育，为孩子们制定一个又一个规划，甚至制定各种各样的目标，因为父母自己有很多未完成的梦想，他们希望孩子们去完成，因而对子女寄予厚望，以期光宗耀祖。这类父母属于较为典型的“狂热派”。“父母都是为了孩子好”，这一初衷是我们的共识，但这一共识有时反而会成为父母掩盖自己内心的急躁、惶恐与过度渴望的借口。

很难客观准确地分析这两种教育方式究竟孰优孰劣，毕竟不同的父母有不同的生活背景与价值观，不同的小孩也都有不同的性格特点，因此，对症下药最关键。对症下药的过程，在一定程度上是对以上两种心态进行协调的过程，但协调不是完全的对折，每个人都有独特的价值倾向，也就难以彻底摆脱上述的两种心态或多或少的影响。

就我个人而言，我将来对孩子的要求，不会太松懈。健康快乐、顺应天性当然是重要的，但顺应天性绝不意味着放纵。小孩子们都爱玩，我当然不会剥夺孩子玩的权利，但不能瞎玩、乱玩、毫无节制地玩。孩童一旦玩起来，往往就会忘记很多本应该做的事情，而我，就会承担这样一个角色。在孩子快快乐乐、满心欢笑着玩耍的时候，突然有一个人沉下脸来，打断他的欢愉，他肯定会非常不开心，但我相信他可以明白我的用心。

在对孩子的要求上，我可能会偏严格一些。比如在他力所能及的范围之内，粗心、懒散、不守时、不礼貌等低级问题，我必然会严肃对待，因为我认为这属于态度问题，而绝非能力问题。对于任何一个人来说，态度比能力更重要。态度越不好的人，能力越强，暴露的问题可能也越多；但如果态度端正，即使能力不足，在良好态度的影响下，能力也会渐渐提升。

但我的严格，应该不会给他带来过多的忧虑。因为我的严格，有“两不原则”：第一个“不”，是不超出他的能力范围，这一点显而易见，就好比谁也不会要求一个五岁的小孩去跑三千米，但让一个十五岁的孩子去跑三千米，则并不过分；第二个“不”，是不超出我的能力范围，简言之，我做不到的事情，绝对不会要求孩子去做，我不会把他当成弥补我人生遗憾的工具，因为这样做，对孩子来说会非常不公平。

如果这两个“不”我没有做到，或者任何人有异议，都可以向我提出“抗辩”，这是他的权利。我们也可以把这样的“诉讼”交给第三方来进行审判，这个第三方由孩子来寻找，这是赋予他的特权。

倘若真的是我没有做好，我会接受公正的处罚，也会努力反思，并向他道歉。但如果是他的问题，那么他就得老老实实地按照我的要求，做他应该做的事情了。

今天的这封信，就当作将来孩子向我提出“抗辩”的依据吧！

候安！

一个理性的疯子

2016 年 3 月 14 日

天津卫的影子

亲爱的你：

近来读书如何？有没有遇到很感兴趣的？每当遇到一本能吸引我的书，我必定十分喜悦；而遇到一本从目录到结尾始终吸引我的书，我简直兴奋极了。冯骥才先生的《俗世奇人》，就是这样一本书，因而在此一定要推荐给你！

最早接触《俗世奇人》中的故事，是在小学时，我也不记得是几年级，但是当时语文课本上的《刷子李》一文让我时隔多年仍然记忆犹新。可惜，如此一本好书，却直到今日才完整地读下来，真是惭愧！

《俗世奇人》这本书讲了一些老天津卫各具特色的市民，有靠本事吃饭、一身黑衣来刷墙却不沾一个白点的“刷子李”；有行医多年，不问贵贱一律收费七块，看似无情却又饱含温情的“苏七块”；有凭借一手绝活，巧捏泥人，“贱卖海张五”，至今仍名闻遐迩的“泥人张”；也有活人装死尸，估计是世界上比较早的“体验死亡”的先行官刘道元。这本书太短，坐在桌前三两个小时就读完了，实在是恨冯先生太吝惜自己的笔墨；而这本书蕴含的思想又太长，简短的故事，大量的留白，读罢令人回味无穷。

《俗世奇人》的故事各个都很精彩。冯先生对中国的民俗文化、市井文化有着深刻的理解，而其生在天津、长在天津、学在天津的经历，也使其对天津卫的市井文化有着全面而独到的认知。书中的所有人物故事，都是作者在先前的生活、工作当中接触到的，或者是听来的，而且都是实实在在地发生在天津人身上或者在天津这片土地上，故事中的人物、思想也有着浓浓的“天津味儿”。所以，尽管书中的很多人物，距今已经有一定的年头，但走在天津的老城里，似乎还能感受到当时的文化，当时的气息。总觉得当年的物件还在，而在小路深处的槐树下，或许就是他们的传人，在讲述着当年的故事，传承着当年的手艺。

《俗世奇人》的语言运用令人敬佩。我对冯先生的文笔十分赞叹。这本书的语言朴素平实，朴素到连一两个华丽的词语都找不到，朴素到小说中能遇见诸多天津的方言。而这，在我看来，也正是作者的独到之处。本书所展现的，就是天津卫最底层的市民文化，这朴素的底层文化，也正需要最平实最接地气的语言来展现、来支撑。如果小说的语言太过华丽，那么全书的韵味，可能也就要大打折扣了。所以，用天津卫的语言来讲述天津卫的俗世奇人，才是最好的。

在天津的时间也不短了，尽管学校位于郊区，天津味儿并不浓郁，但我依然对这股天津味儿有着莫名的情感。也可能就是一种直觉，男人的直觉未必比女人差。

天津算不上一个知名旅游城市，但天津的文化早已声名在外，天津市内的几个景区，如古文化街、五大道、小白楼、津湾广场、意式风情区等，各有韵味。天津是一个非常典型的中外结合的城市，但这些外来文化当年让天津人民乃至中国人民倍感痛心，曾经的殖民色彩在如今的天津市内依然有着明显的体现，最直接的体现当属天津横不平竖不直的道路以及各种欧式建筑。然而，我们必须承认，文化的力量是强大的，其生命力之强绝非外来文化所能征服。也正因此，天津的手艺三绝“泥人张”“风筝魏”“杨柳青年画”，美食三绝“狗不理包子”“十八街麻花”“耳朵眼炸糕”，以及其他如天津相声、锅巴菜、煎饼果子等，能够在战火纷争、殖民入侵的动荡之下，流传到现在，为今日的我们呈现着独树中华文化之林的天津文化。

《俗世奇人》所展现的，或许也正是这样一种思想。

因此，非常建议你能够好好读一读这本书，看看我们的感受是否是相似的呢？

天津市的景区中，我最喜欢的是古文化街，去过也不止一两次。因为在古文化街，能够看到最为全面的天津卫文化，感受到独特的天津味儿！

有机会的话，一定带你去古文化街看一看，把这独特的天津文化，好好地游玩一番！

祝安好！

一个理性的疯子
2016 年 3 月 16 日

为玩笑而道歉

亲爱的你：

幽默风趣是一个人很重要的品质，我也希望你我都如此。要做一个幽默风趣的人，开玩笑自然是少不了。不过，玩笑也有度，玩笑过火，便会适得其反。

一方面，要理解别人的玩笑。我说的“理解”，非指弄懂玩笑含义，而是对待别人的玩笑话，不必太认真。很多时候，朋友与你聊天，特别是与你要好的朋友，聊起天来谁也不会刻意地拘束自己，更不可能为自己的每一句话精雕细琢。如果只是对方的无心之失，不必太在意。若是对方开了一个小小的玩笑，万一在某种程度上触碰了你的幽默底线，也希望你不要过多地纠结，付之幽默就好。我能理解你被侵犯的痛苦，但玩笑毕竟是玩笑，你的朋友也并非有意来侵犯你。若因玩笑而翻脸，这也显得你太不幽默了。

但另一方面，倘若是你开玩笑，触碰了别人的底线，对方气势汹汹地找你来“算账”，我希望你可以勇敢地为自己的玩笑而道歉，尽管我知道，你也是无心之失，你也会怪你的这位朋友太不大度，太不幽默。但一定要清楚，每个人都有不同的玩笑底线。有时我们眼中的玩笑，在别人的身上，可能就是严重的侵犯。若是越过了这条红线，即使是无心之失，也确确实实地造成了严重的恶果。不要埋怨朋友不够大度，如果他原谅你，那是他的胸襟；如果他不原谅你而与你纠缠理论，这是他的本分。无论如何，这是开玩笑者的错，因而对方的胸襟与本分，都是合理的反应，开玩笑者应该为自己的行为而道歉。

你会觉得我的观点自相矛盾吗？或者是不是有着明显的双重标准呢？绝非如此。

宋朝李邦献在《省心杂言》中提道："以责人之心责己，则寡过；以恕己之心恕人，则全交。"《增广贤文》中也讲："责人之心责己，恕己之心恕人。"《增广贤文》中的此一句是否参照了《省心杂言》，我并不知晓，但两者的意思相差无几。表面上看，这确实是为人处世方面的双重标准，但这标准是"严于律己、宽以待人"的严要求，是对自身的反省与对他人的理解。向着这样的标准去努力，我们的灵魂境界，必然会有质的飞跃。

因此，为玩笑而道歉，这不是吃亏或卑微，反而是人所值得钦佩之处！

共勉，时安！

一个理性的疯子

2016 年 3 月 24 日

学会婉拒

亲爱的你：

昨天晚上和几位朋友一起喝了点酒，夜里睡得很美。

我有一个习惯，喝完酒之后，虽然很快就会睡着，但是第二天往往四五点就醒了，而且毫无睡意。有时候甚至会早到三点——这可是一个看球赛的好时间。但不看球赛的时候，这么早醒来，反而有一点小寂寞。

今天也是这样，四点半就醒了。由于白天还有安排，担心醒得太早会使得精力不够，所以想要再躺一会儿，可无奈就是睡不着。于是便穿衣洗漱，整理了一番。如果今天白天犯困的话，只能求助“咖啡君”了。

昨天是我招呼几位朋友一起来吃饭的。上周，他们几个人约我一起小聚一下，毕竟已经很久没凑在一起了。不巧的是，那天我需要帮老师整理很多材料，时间也比较紧张。当时的我还确实犹豫了一下，我跟这几位朋友关系一直不错，最近也有意大家一起来聊一聊，可如果我去的话，手头的任务就完不成了，也会影响老师的进度。内心挣扎了一下，还是婉拒了他们，老老实实地做着手头的事情。昨天闲来无事，我便又将他们约来，算是小小的“赔礼”。

当然，“赔礼”纯属戏言。

生活中，类似的事情太多了，想必你也会经常遇到。当你手头有很多事情需要做的时候，有朋友约你一起吃饭，或者出去休闲，你会怎么做呢？你会拒绝他们，做好手头的事情？还是磨不开面，应邀前往？

没错，这些需要因人、因事而异。有些事、有些人是不太能拒绝的，这并不在我与你聊的范围之内。我只是想说，类似上周我遇到的这种情况，我倒是建议你以手头的工作为重，特别是那些比较紧急或者涉及团队的事情。如果手头的工作不太紧急，而且个人时间允许，玩一玩也无妨。但千万记得，不要“有邀必应”。你的交际圈越广，类似的邀请就会越多，甚至可能每天都有。此时的“有邀必应”，并不是一个合理的选择。这不仅仅是朋友之间的“面子问题”，更是个人的原则问题与长久发展问题。况且，如此之多的邀请，有些是必要的，有些却会成为你在工作、生活中的某种诱惑，时间久了，会产生一些不太好的影响。

所以，根据自己的实际情况，学会婉拒，这很重要。这既是对自己的负责，也是对别人的负责。万不可在误事之后，将责任和抱怨推向当初的邀请。如果你是这样的话，你的格局可能会变得很小。

婉拒之后，如果觉得过意不去，可以随后挑一个合适的时间和机会，主动邀请一下朋友们。坦诚地说明原因，他们不仅仅会理解你，更会尊重你！

希望你能够思考一下。

共勉！

一个理性的疯子
2016 年 4 月 13 日

谈读书

亲爱的你：

读书是每个人都应该养成的好习惯。

今天在天津图书馆泡了一整天，感觉非常充实。记得刚到工大的时候，我就迫不及待地去了图书馆，可惜工大北辰校区的正式图书馆尚未开工，只在教学楼里有一个临时图书馆。总体而言，图书馆建设质量差强人意。不过，这阻挡不了我对读书的渴望。不满足于图书馆的现有资源，我很快便办了一张天津图书馆的借书卡。那里，几乎成了我在天津的“第二故乡”。

关于读书，我想与你分享我自己的几点看法。未必适合你，权当是为你提供的一些参考吧！

读书，是一件很幸福的事情。我记得小时候，有一次与父亲一起去新华书店，我挑选了一本《三国演义》连环画，书的制作很精美，全彩色，故事介绍也很精彩。当时这一本书要卖 25 元，这样的价格算是很高的了。父亲在买书这方面对我从不吝啬，我也欢欢喜喜地把这本书抱回了家。我不太记得当时我几岁，但清楚地记得回家之后，这本书很快就看完了，而且简练的文字、曼妙的图画吸引着我把这本书反反复复地看了好几遍，书中的很多页面至今我还是历历在目。印象中，这应该是我真正的“启蒙读物”了。

从那时起，我便养成了读书的习惯。“读书”这个用词可能有点托大，但“看书”应该还算符合。

我想说的是，人一定要养成一个读书的习惯。自古以来，但凡是有所作为的人，他们未必有着高学历、高分数，却绝大多数有着相似的爱好读书的习惯。读书的过程，就是与作者近距离交流的过程，是两个人之间的私密对话，更是一种有深度的对话。这一对话，是了解别人对世界的认知、弥补自身认知力的不足的一条捷径。诚然，实践很重要，书中大都是实践经验的总结，但这绝不意味着实践的地位比理论的地位高，更不能将实践当作自己不读书的借口。这借口，在我看来，是极其荒唐的。

我从不否认“实践出真知”这句话，但真知反过来也能很好地引导实践。在人类的原始阶段，确实是先有实践，再有理论，之后才有各种图书。但如今，人类社会有了巨大的变迁，决不能够再按照原始的理论来片面地理解实践与理论、与读书的关系。就个人的发展来看，实践与理论相辅相成，二者没有先后顺序之分，只是在不同的阶段，二者所起到的作用不同。因此，二者中的任何一个，都不能够荒废。

读书的时候，我喜欢找一个相对安静的环境。尽管当年毛主席说，在闹市读书更能锻炼一个人的定力。但我觉得通过这种方式来锻炼自己的定力，至少在今天看来，不是那么必要。我们完全可以找一个安静的环境，让自己去安静地读书、安静地思考，这种效果也最好。读书需要交流，但读书之时不需要交流，大可以将交流放在合上书之后，那时的思维才是完整的，对于整本书的理解才是全面的。否则，只是你对书断章取义式的猜测，这也是对作者的不尊重。

读书，要做到广泛涉猎，而不是局限在自己的专业领域。如果没有其他领域知识的支撑，本专业的书看得越多，有时候反而越有害，思维越容易局限在本专业这一个小圈子里，而缺乏综合性的考量。特别是人文社科类的领域，更应该注意这一点。社会是一个整体，在社会的发展过程中，各个学科之间的融合也越来越密切，这也就越需要学科之间的合作，特别是思维上的合作。思维的合作远比知识本身的合作更重要。不同领域的学科碰撞，往往更容易产生创造性的思维火花。我们平日所讲的创新，很大程度上，不就是这么来的吗？

但广泛涉猎，并不是要忽视本学科。广泛是为了汲取营养，是为了拓展思维。但一般情况下，广泛与深入存在矛盾性。解决此矛盾性的方法，就是跨学科的广泛与本学科的深入，这样才能做到顾此而不失彼。专业与兴趣的关系，也是这么一个相似的道理。

读什么样的书，也很重要。现如今，国家对图书出版的门槛降低了，更多的人有机会去出书、写书，通过图书来展示自己，这是国家文明进步的重要表现，为更多的人提供了表达自己的文化空间。但书多了，特别是二手著作多了，也给我们的选书过程增加了难度。总体而言，我建议在能力具备、时间充裕的情况下，多读一些原始著作，尽管读原始著作的难度较大，花费时间也较多，但如果原始著作能读懂的话，这比读五本甚至十本二手著作更有意义。

然而，凡事都不是绝对的。二手著作的增多是文化进步、言论进步的体现，也是文化交流的重要途径。因而，很多二手著作的价值也很高，甚至有些作者可能在解读原始著作时，有着更深层次、更广范围，特别是与时代文明结合下的理解与认知，这会给我们带来诸多新的启发，也能让我们在学习的过程中，看到别人的优势，从而反思自身研究与体会的不足，特别是在我们不太熟悉的学科领域，由于相应基础的欠缺，直接去读原始著作不仅费时费力，难以读懂，也有可能打击自己对该学科的学习积极性。此时，一些高质量的二手著作，倒是能为我们很好地打通该学科的门路。

我们应该多读书，但并不意味着为了“多”而读。正如“10000小时定律”所讲，在任何一个行业里要想有所成就，最少要有10000小时的有效工作积累。读书也是如此，要想让书内化为自己的强大动力，也需要几百本书的积累。但是，并不是读完这几百本书就行，而是要有所收获。因此，应该用一定的数量来要求自己，并时刻提醒自己多读书、勤读书，但如果把这种要求和提醒异化成为数量而读，并因追求速度而忽视质量，无疑是本末倒置。这样的读书精神值得鼓励，但这一方法应该做适当的调整。

“看”“读”“懂”，是三个完全不同的概念，也是三个逐渐上升的层次。我们平日里用得最多的是“读书”，但我们都应该时常反思一下，我们是真的“读”了，还是仅仅“看”了？对这两个概念，每个人都有各自的理解。在我看来，眼睛溜过算作“看”，而溜完之后有所体会才算“读”。这种体会未必是绝对正确的，因为心得体会本身也无所谓正确与否，也未必是与所谓的正统学说相一致的，只要有所收获，即使一大本书看完之后只有几个字让你有所收获，这也是值得的，这就叫“读”。如果你能得到一些与他人不同的收获，当然更好，这也许就是创新性的体现。

“懂”则是比“读”、比“看”更高的境界。想要达到这一境界，很有难度，它必须依托很好的知识储备与能力储备，既能够把控整体，又能够精析部分，还能够看到各个部分之间、书与作者之间以及书与社会背景之间的种种关系。因而要做到“懂”，必然要付出相当大的精力。当前有太多太多的专家学者在研究《论语》《史记》《红楼梦》《社会契约论》《正义论》等，但极少有人会自信地说自己真的读懂了，更何况初出茅庐的年轻人呢？故此，无论是出于固有的能力，还是谦虚的态度，不要轻易说自己读“懂”了，倒是更应该多用一些“读”过了。

原谅我再唠叨一会儿，因为我有一个自认为不错的图书馆扫描式阅读法，推荐给你。在我时间充裕的时候，我会去图书馆“视察”一下，并不是刻意地去搜索哪一本书，就是单纯地站在书架子前，一本一本地看书名，看到比较感兴趣的，拿下来看看作者，看看目录，特别感兴趣的，会借走品读一番。这种扫描式方法，并不是走马观花，因为在看书名的过程中，我就能基本发现这个领域、这个学科都有些什么，包括曾经有些什么以及近来有什么研究成果，幸运的还能看到这个学科的未来新领域。通过目录、前言、序言和后记等，我又能对这本书有框架性的了解，对于那些无须我深入研究的领域，这些就已经很有帮助了。由于现在的书着实太多，感兴趣的也很多，根本无法把所有感兴趣的书都拿来读一读，所以只能通过这两个过程，选择特别感兴趣的来读。我很喜欢这个方法，在此也是推荐给你，有益则取之。

啰哩啰唆地又写了这么一大堆。很多时候我都在想，我与你长篇累牍地写信，你是否能看得到呢？也可能我的思想太老古董了，在你的世界里，我现在的很多想法没有太多的意义。不过我确实很愿意做一些经验分享，而它究竟适不适合你，还得看你自己的选择。

最后还是想强调一下，或许我的方法有待探讨，但“多读书、读好书、读书好”的这个理念无论在任何时代，都无须探讨，即使我之前所说的这些都没有什么用，若能把这个亘古不变的真理强调一下给你，也算是这封信没有白写吧！

祝好！

一个理性的疯子

2016 年 4 月 17 日

门当户对

与我尚未谋面的你：

当看到“门当户对”这个题目时，不知你会有怎样的反应。会觉得我很迂腐吗？或者对我有其他的不解？我想，你会有各种各样的疑问，包括对这一理念的思考，也包括对我的怀疑。

但是，近来的很多事情令我感觉到，门当户对，确实是婚姻长久存续的重要基础。

早些时候，我对“门当户对”这个词很反感，觉得这完全就是对人性的压榨，与现代社会的新思想完全背离，并立志当我结婚的时候，一定要突破周围人心中的这一观念。但是，随着年龄的增长，我发现我对这个概念的理解，曾经有着很大的偏差。

在中国的传统社会里，门当户对是男女成亲之时所需要考虑的首要问题。其中最主要的原因当然就是家境相当，相对容易处得来，矛盾少，而且彼此还可以互相借力。同时男方和女方在共同生活的过程中，相互之间一般也不会有太大的压力。你可能会觉得，这样的婚姻环境中，家境的诸多束缚之下，夫妻之间能有真爱的存在吗？我觉得，不太好说。

一方面，爱情有着不可否认的虚幻性，有没有真爱并非几句话就能说清楚，而且爱情不是用来说的，是双方在共同生活的过程中慢慢磨合而来的。因此，并不是结婚之前信誓旦旦，凭着一个“爱是永恒，因为爱是你”的美丽借口去打遍天下无敌手，而是应该看一看或者说感受一番结婚之前是如何相处的，以及结婚之后是否有更多的相处下去的可能。

另一方面，古人在结婚时，别说是真爱了，连假爱都没有，因为男女双方都没有见过面，新郎只有在掀起新娘红盖头之时，才能看到自己的妻子长什么样。妻子长得漂亮还能接受，若不漂亮就只能认栽。而且，夫妻彼此仅限于看到容貌，对于其他，真的是一无所知。当然，严格来说这并不是门当户对的讨论范畴，只能用此分析来侧面地说明，在中国古代，门当户对并不是阻碍真爱的因素，因为根本上的因素是中国人的男女观，女孩都要待字闺中，不见本家之外的任何男性。

这是最浅显的古代的门当户对，你说它好也罢，不好也罢，毕竟它在中国几千年的文明史中发挥了不可磨灭的作用，并一直流传到了今天。因此，其曾经存在的合理性不可否认。

简单谈完了古代的门当户对，再将视野转到当代。

任何一个理念，都应该顺应时代的变化而不断变化发展。就门当户对而言，最直接的体现，便是结婚之前男女之间的相处情况，以及未来的相处可能。如前所述，古代男女结婚之前是没有见过面的，所以无所谓有没有感情，有没有共同的生活方式、共同的价值观。但今天不同，在这个婚姻自由的时代，男女双方在结婚之前有着充分的交流与了解。而这，也就是门当户对的新发展——学历、能力、修养、品味、价值观等等。

在我看来，某种程度上，这可能恰恰是最重要的。对于夫妻双方而言，结婚最重要的就是相互扶持，相互依偎，共同过日子，而并不是单纯的传宗接代，更不是仅仅完成荒唐的“结婚是每一个人的神圣使命”。既然要过日子，就要考虑，如何才能过得下去，如何才能过得好。如果说，双方没有共同的价值取向，时间久了，就会很难从对方的角度考虑，感情渐渐淡化，矛盾会越来越突出。还有学历、能力、修养、爱好等，这些都是隐性的存在。结婚之前，我们可能不太会去考虑这些，觉得俩人在一起能说上话，玩得开心，笑得快乐，就挺好。当然，这是很好，对于恋爱来说这很美好，很值得怀念。但是，对于结婚来说，这样的考虑或许就显得单薄了一些，因为婚姻之路不是靠彼此看着顺眼就能走下去的，而是应该看双方是否能长久性地走在同一条路上。

具体的例子，不胜枚举，你可能有比我更深刻的体会。还是之前那句话，爱情，是一个略显抽象与虚幻的概念存在，为了让它能够更长久地保险，就需要为它寻找一个载体。这个载体，不是语言的交流与认可，因为语言往往是非常美丽而又蛇蝎心肠的骗子，而应该是彼此之间共同的价值取向引导下的生活，虽然可能平平淡淡，但却实实在在。

近年来，社会上有一种非常新潮的现象，叫作闪婚，尤其在年青一代，闪婚很流行。两个人早上才认识，下午就拿着身份证和户口本到民政局了。对此，一定程度上我能理解他们为什么会这么做，或许真的是社会太开放了，大家的思想已经跑在了三十一世纪。但是，我本人不太认可这种所谓的潮流，因为彼此没有充分的了解，所以早上认识，下午登记，婚礼还没有办的时候就吹了，闪离也就不足为怪。

我肯定不希望我们成为闪婚一族，而且我觉得，选择伴侣之前，一定要有尽量多的接触，了解得越全面越好，特别是在价值追求和生活方式上，哪怕刨根问底都不为过。但是，我们也不应陷入一个误区，不可能只有双方完全相符才能生活在一起，大多数有相似之处就可以。彼此之间保留一定的差异，也是婚后生活不可或缺的互补。

再回过头来谈一谈家庭境遇。门当户对最直观的就是家境，在古代如此，当今社会也必须考虑。

提起家境，你可能会觉得很俗。是的，可能真的很俗，因为我们都是俗人，跳不出这个鄙俗的圈子，甚至会被这个圈子压得喘不过气，不过，最终还是要面对。

况且，换个角度看，越俗，越不俗。

简单分一下类：家境相当、男方家境好和女方家境好。双方相当的情况不需要考虑了，因为那是最完美的。

如果男方家境较好，社会总体对此还是比较认可，因此在社会舆论环境中的夫妻双方也比较好接受。但同时也分为两种。一种是男方条件略好，这个较为合理，符合从古至今几千年社会的大众观念，这样的家庭生活往往也会比较幸福。另一种是男方家境非常好，这时候女孩也会有一定的压力。虽说就社会的总体观念而言，男人养媳妇天经地义，但是，这里不仅仅涉及养的问题，还涉及共同生活的问题，因为家境差距大，从小到大的教育、生活方式、个人习惯上也会有比较明显的不同，这样的生活也会有一些困难。因此，“飞上枝头变凤凰”的渴望，或许并不是一个非常好的选择。

如果女方家境较好，也分两种：一种是女方条件略好，另一种是女方条件极好。不管是怎样的情况，男方的压力都会很大，而且，家境差距越大，压力越大。因为中国的男人有一种解不开的“倒插门”情结，在今后相当长的一段时间里也是难以解开。如果是条件略好，那么男方通过自己的努力，还可以为自己争取一下，让双方基本保持一种合理的状态，特别是在双方父母方面，这很重要。但如果女方条件极好，那么男方就应该慎重考虑了，能否承受住如此大的压力，除非男方有非同寻常的能力，前途不可估量。不然的话，不要轻易冒险，否则可能会伤得很惨。

说到这里，我想应该差不多了。总结一下，那就是现代社会也需要考虑门当户对，只不过如今的门当户对应该包括家境、生活方式、学历、能力、修养、价值观等多方面，这比门当户对的最初含义向前迈出了很多步。家境作为最古老的因素，应该放在第一位，但并不是绝对的第一位，只能说是一个非常重要的参考，因为后面的能力、价值观等会有一定程度上的弥补。但是，这样的弥补只能是在一定程度上进行弥补，而且会带来较大的压力。最残酷的现实是，能够弥补成功的，在社会上，依然是少数，理想和现实之间，总是有着很大的差距。

不知你能接受多少，但是我和我未来的妻子一定会是这样。在选择的过程中，我们两个肯定也都会考虑这些问题，因为我相信她是一个非常理性、善于思考的人。我们会有相似的价值观、共同的价值追求，在事业发展与兴趣爱好上，能帮扶，能互补。我们的家境差距怎样，我不知道，但我会凭借我的努力，来尽量让我们处在一个合理的状态。

我相信，她就在我的身旁。

或许，你未来的另一半就在你身旁；也或许，在你结婚之前，你都没有注意过是谁。

道理很浅，闲聊而已！

祝好！

一个理性的疯子

2016年4月23日

小词四首

亲爱的另一个自己：

你是否也同我一样认可“国家不幸诗家幸”这句话？

我是一个偶尔会泛起一些怀旧情结的人，今天闲来无事，看了很多自己曾经写的日记以及诗歌，感觉高中时候的自己，文笔比现在要好得多。其实那个时候，并没有太多的时间去读各种类型的书，想动动笔也只能挤出点时间。但就在这种“内外兼忧”的情况下，还能写出几首令自己很满意的词，真是一件令人欣喜的事情。

选了自己比较喜欢的四首词，今天分享与你：

南乡子　读曹操

铜雀试群雄　西凉城下笑弯弓
运筹千里雁翎客
东风　吹起天下三分功
横槊赋江东　碣石山上日月中
赤壁烽烟梅子雨
英雄　千年成败论曹公

曹操是我非常欣赏的一位古人，无论文治还是武功，他都有着傲人的建树，而且其胸怀、魄力、识人用人之才与洞悉天下大局之能，震古烁今。遗憾的是曹孟德未能入选毛泽东的《沁园春·雪》，不过幸好在《浪淘沙·北戴河》中得到了毛主席的“赏识”。这首词是在当初阅读几则关于曹操的作文素材时所写，特意选取了“铜雀”“西凉城”“江东”“碣石山”“赤壁”“梅子”等与曹操密切相关的几个地点和事件，表达了我对曹操的敬意。尽管自古以来，小说、戏剧中的曹操常以“白脸”的形象示人，但真正的曹操绝不似小说家、戏剧家之言。他身上的许多品质，尤其是为人处世的艺术，值得我们尊敬、学习。

临江仙　寄父亲

狂夜疏星飞霜劲　黑云孤雁寒城
纵横驰骋鼓争鸣
刀风凭浪断　剑雨冷无情
惊起惊落惊梦影　一钩残月威名
马踏江山倚天行
长缨冠金甲　单骑退雄兵

这首词是参加一次班级活动时所写。当时的班会上，班主任老师要求每位同学用几句话来表达自己对生活的感受、想对父母说的话以及战胜高考的决心。当时的我确实很压抑，时常会感到烦躁，但我无法逃离，只能紧咬牙关坚持到底。现在谈及当年的事情，可以轻描淡写，而当年的复杂情感，如今似乎再难感受到。这首词上片暗喻激烈的高考竞争环境，下片三个“惊”字重在写当时的压抑与焦虑，最后也运用了赵子龙的典故，希望能够如赵子龙一样，振起虎胆，杀出重围。

这三个“惊”字，个人最为满意，真是感叹于当年的思维力量！

卜算子

萧野焚醉客　冥火葬幽竹
月下独酌举杯无　造化最难赎
鬓霜人已老　鸥鹭懒踟蹰
青山归问访浮图　相忘于江湖

如果我没有记错的话，这首词是在模拟考试之前的一个晚自习上所写，同样是在阅读语文素材时找到的灵感。也是在那一次的阅读中，我理解了“浮图”之意——代指佛教或佛教徒。我并非宗教徒，在此用“浮图”，实为借其“清净、洒脱”的意味。

人在百事不顺、有求不得之时，难免会产生“相忘于江湖”的开悟臆想。而这首词中的“独酌”“青山归问”等，在如今却又成了一种不同于当年的奢望！想要活得透，绝非易事。

卜算子　赠李秋伊

滚滚长江渡　漠漠帆来烟
拨云呼啸西风紧　独坐水月天
寒叶飞声劲　旷野马骏川
明年春日好光景　贪看夜阑珊

这首词的背后，还有一个小故事。

模拟考试当天中午，临班李秋伊同学在我的座位上考试。见到我桌子上贴的成绩单上有一行字：“这不是最终的结果”，她在出考场之前，在我的成绩单的空白处又添了两句话，写道：“超越永无止境，一切皆有可能。”中午回到教室，我十分感动，也十分感谢这位素不相识的同学。为此，我填了这首词，并贴在桌子上。第二天考试时，她看到了这首词，并将字条带走，还留下了一张新的字条：“南凯同学，很欣慰我的一点所作所为能使你振作。你很有才华，写的诗很棒，谢谢你！生活是美好的，当你痛苦时，想想家人，想想朋友，你会感觉无比幸福！”

这当然称得上一个颇具浪漫主义色彩的小故事。遗憾的是，至今我都不知道这位同学究竟是什么模样。如果有机会再与她见面，谈及当年的这件事，必定是要双双感慨、惊叹命运之缘了！

看完当年所写的日记，也真是佩服当年的自己。而在这最近一两年的生活中，似乎没能看到能够激发出当年那股爆发力的源泉。这种思想、情感的力量，或许就是对“国家不幸诗家幸”的完美诠释吧！

闲聊至此，祝好！

一个理性的疯子

2016 年 5 月 14 日

有理想，是为了更好地面对现实

亲爱的你：

最近我越发感觉到，我们这一代年轻人眼中的现实问题，有时候，真的算不上什么真正的问题。

年轻人由于社会阅历、理解能力、站位等因素，很难对社会整体进行良好的把握。谈社会整体可能稍大了些，就拿自己当下所面临的问题或困境来说，很多人也会以“认清现实吧”“现实就是如此”一类的语言来“安慰”自己，也借此来表征自己对社会现实看得很清，不是一个顽固的书呆子。

但我对此并不十分认可。首先，这类语言与心态并不是什么认清现实、心态豁达的表现，反而常常会成为一种极其消极的阻碍以及对自己懒散懈怠的开脱。其次，二十岁左右的年轻大学生们，尚未走出大学校门，我们眼中、我们身上所面临的很多所谓的现实问题，是真问题吗？我们所不堪忍受的痛苦，在一个历经沧桑的老人眼里，可能毫无价值。最后，“乱世出英豪”，无论身处的社会怎样，社会总能为我们提供一个广阔的空间，但它不会告诉我们哪里才是我们的立足点，所以，不要抱怨社会不为我们指明道路，而应该多想一想为什么我们未能在这个广阔的空间里，找到属于自己的路和自己的立足点。

我等年轻人，知识技能储备不足，社会阅历欠缺，社会站位相对较低，视野也受到一定的限制。因此，我们常会不由自主地画地为牢，将自己困在自我构建的小笼子里，甚至如青蛙般坐井观天，同时又乐此不疲。

如今学生们的压力太大，接触的社会越来越复杂，受到现实的打击也很正常，但被现实击倒，则有点愧对“年轻人”这一响当当的名号。现实中会存在各种各样的不公平，暗箱操作，钱权交易，这些问题确实令人厌恶。但在这些问题面前，我们所需要的，并不仅仅是“认清现实吧”“现实就是如此”这些毫无意义的感慨，这些现实，反而更应该激发年轻人向这个社会发起挑战的斗志。这个抗争的过程，才是年轻人成长的过程。

同时我也在思考另一个问题，是什么原因，让我们羞于谈论理想了呢？我并没有得到一个能较好地说服我自己的答案。我只是觉得，作为年轻人，应该是有点理想的。退一步说，趁着年轻，赶紧让自己有点理想。如果在这个正应当“年少轻狂”的年纪就已经挥别理想，整日如同一个风烛残年的老人一样，那么到了十年后、二十年后，真正需要与社会抗争、游离于各种复杂社会现实之中的时候，便会更加乏力。那时的我们，或许不只是“风烛残年”的景象，甚至都是一副“行将就木”的死态了。

总之，社会的阴暗面应当正视，应当积极面对，但千万不可以让这种阴暗、消极的因素对自己的精、气、神产生本质上的影响。年轻人，应该有理想，这理想，绝非脱离现实的纯粹理想化，而是让自己有一个更好的精、气、神，从而在今后的道路上，更有力地面对现实，击破现实中的真问题！

近来对这一类事情颇有感触，因而迫不及待地想写与你。但今日时间有限，只得长话短说，点到为止，仅作为善意的提醒。日后有机会，我们可以一起更深入地探讨。

顺祝夏祺！

一个理性的疯子

2016 年 5 月 17 日

当班长的日子里

亲爱的你：

最近过得怎么样？

天气越来越热了，整个人都显得很浮躁。晚上走在校园里，偶尔有点凉风，还能心静一会儿。北方的夏天实在是太不饶人！

晚上本打算在教室里看看书，只是不知怎么的，有些心浮气躁，便把书放下了。想着约上几个朋友出来聊聊，可看时间又有点晚。所以还是决定自己去校园里走走。走着走着，便到了钟楼下。在夜晚的校园里，这里应该是最亮的了。

记得大概一年前，也是闲来无事散步到了钟楼下。心事重重，就把高阳从宿舍里叫了出来，捎带着还托他从超市里买几罐啤酒过来，借酒浇愁，然后美美地睡上一觉。我俩在钟楼的台阶上坐了有两个小时，除了辞职的事情之外，别的也不记得聊了些什么，但是直到夜里十一点钟才回宿舍。由于喝了几罐啤酒的缘故，附近没有洗手间，情急之中还在钟楼旁的小树下留了点圣水。现在想起来，确实很有意思。

辞掉班长的职务，已经将近一年。直到现在，我也经常会想起当初的两年里所发生的许多事情。

依然记得刚刚步入大学的时候，班级竞选，我为法学 132 班的发展立下了豪言壮志，希望法学 132 班可以成为一个非常优秀的班集体。我也下定决心，一定要努力做下去，为了自己的誓言，为了自己的理想，为了法学 132 班的每一位兄弟姐妹。而后来，两年过去了，再开学，我也将步入大三的行列。当时的我，也并不知道应该如何评价过去的这两年，我们的班级，我的工作，究竟如何。我不知道对于当初的诺言，我实现了多少，也不知道法学 132 班的梦想实现了多少，或者又将能够实现多少。这些，似乎也不需要知道。

出于个人学业原因，我不得不进行必要的取舍。我也不知道，在别人的眼中，我当初所做的决定是不是正确的。我只是觉得，如果在过去的两年里，我做得很好，那么也到了“功成身退”的时候；如果我做得并不能够让大家满意，也应该寻找一个更加优秀的人来取代我，带领大家获得一个更美好的未来。因此，最终，我还是下定决心。而一旦决定，也就不再后悔。

很多时候，我不太清楚我所向往的班级是个什么样子。虽然平时我们都在说，要团结，要和谐，要互相帮助，要共同取得优异的成绩。但是，这样的语言说得多了，也就没有了它们本身所应该具有的能量，反而每当提起的时候，总会觉得很老套，很没有新鲜感。很久以前，我还思考过这一类的问题，什么样的班级才是好的班级，什么样的班长才是一个合格的班长，但是，想了很久也没有得到一个让我满意的答案。因而还是放弃了这些思考，想得再多，不如实实在在地去做些事情，这样，倒还踏实。

每一位班长都会时时刻刻思考着自己的“政绩”，在我的带领下，班级究竟得到了什么？我想了很久，希望能够给自己带来一些卸任之时的安慰。可是，我实在是不知道应该说点什么，拿出点什么来安慰自己。想来想去，成果没总结出来，自己的问题反而暴露出不少。因为我觉得，班级的成果应该大家共享，我也是其中的受益者；而班级的过错，绝大多数会出在领导班子身上，而我的不当，占据着最大的比重。或许，这应该是好事，毕竟吸取经验教训是人生的一大法宝。但是，如果总是单纯地吸取教训，却没有能够内化成自己的动力，吸取得再多，实践起来，还是零。

我做事情，总有一两个始终坚持的理念，或者说原则。在校报新闻中心，我坚持的是创新，而在法学132班，在坚持创新的基础上，还有两点。

一个是拒绝迟到。这或许是我当班长给大家留下的最深刻记忆吧，我也相信没有哪位班长会比我更加重视迟到问题。从大一时的班会，到合唱比赛，到早晨出操，再到趣味运动会，每一次，我都是把不迟到放在第一位。成绩无所谓，但是坚决不能迟到。特别是在微电影比赛的时候，最终定的主题，都是“说好的不迟到都去哪了？”。我坚持不让大家迟到，就是因为在我看来，迟到是一种非常没有责任心的表现，是诚信意识的严重缺乏，不管在人生的哪一阶段，迟到永远是致命伤，特别是等正式参加工作之后，所以，现在起，一定要养成一个好习惯。做到不迟到，重视自己的信用，以此为中心点，你会发现自己的人格修养会有很大的进步。

另一个则是在可以公平竞争的时候禁止拉票。在中国这样一个典型的人情社会中，拉票称得上一个传统，只是这个传统不太值得提倡。有些拉票行为我们无法左右，所以，那些也无须多虑。但是有些时候，可以、也应该公平竞争。这时的拉票，是一种让人无法接受的行为。如果你做得很好，找我来拉票，即使我当初有投票给你的意愿，我也不愿意再投给你；如果你本身做得就不好，找我来拉票，那我肯定更不会给你，因为你不值得给。所以，无论怎样，谁找我拉票，我一般不会投给谁。或许这很得罪人，但是，我不想得罪我自己。

这两点要求，在班级当中的实际效果如何，我无法轻易下结论，毕竟作为班长，我是一名当局者。但我能肯定的是，效果必然不会太差，因为原则实施期间的一些事情，能够让我看到这两项原则的实际价值，而且，我也尚未找到推翻这两条原则的合适合理的理由。

我的两年班长经历，其实是前后两个完全不同的阶段。这一转变，也是我两年期间收获最大、感触最深的一点。

大学生活与中学生活有着质的差别，这也决定了大学的班委会工作与中学的班委会工作有着不同的理念与模式。中学时的班长，更多的像是一个传达者，即在老师与同学之间做好上传下达的工作，其管理者与服务者的身份表现得并不明显。但大学期间的班长，不仅是一个传达者，还有着明显的管理者与服务者的成分色彩。对此，我早有观念上的认知，但在实践中，做得并不太好。

大一一年，我最大的问题，就是个人做得太多，分散给集体的太少。作为班长，学校、学院、辅导员以及各位任课老师的种种通知，往往最先会到达我手，这些通知所涉及的事情，绝大多数很简单。因此，为了提高工作效率，多数时候我便举手之劳地完成了。我这里所说的“举手之劳”并非谦辞，而是真正的“举手之劳”，就是发一个短信，或者顺路带上一份材料的事情。但久而久之，我的“举手之劳”便给我带来了相应的困扰，因为班级事务在不知不觉中集中到了我的身上，甚至有时会发生我与其他班委之间的工作扯皮现象，导致双方都没做，极大地影响了工作的开展，班级管理方面的秩序也会有一定的混乱。一年到头，我自己过得挺累，班委会之间的配合也有了不小的问题。

与以上问题相伴而生的，还有工作计划与分配问题。班长是一名服务者，但为了更好更高效地提供服务，就必须做好一名管理者。当时的我，在班委会的工作管理上，出现了很大的漏洞，这也是很多人的通病。在工作之前，缺少相应的计划与安排，导致在实际工作过程中，各成员之间时常发生工作上的冲突，有的是双方都做了，也有的是双方都没做。不管怎样，工作效率确实有所降低，而且在工作的完成时间方面，时间预设的缺乏会造成工作的拖延，毕竟单纯地依靠工作动力来完成工作，是一件难以持久的事情，同时也会使人缺少必要的紧迫感。长久下去，深受其害的，不仅仅是班长与其他班委会成员，还有全班的每一位同学。

能力与工作量在一般情况下是相互促进的关系，既是能者多劳，也是劳者多能。从激励个人的角度出发，这一观点十分必要。但是对于集体管理与集体服务而言，这一理念如果践行得不当，则有可能起到相反的效果。因为对于一名领导者而言，其个人的成长，并不是其成功的体现，他手下成员的成长，才是领导者最成功，也最令人尊敬的地方。放在班委会当中，道理也相似。

改变自己是一切成功的开始。因此，在各种理念的综合影响之下，大二一年，我对自己进行了大刀阔斧的改革。

首先，是工作的计划与分配问题。我逐渐养成了一个习惯，在工作分配之前一定要做尽可能细致的规划，特别是每位同学的具体责任。根据责任到人的法则原理，如果只是说“谁有空谁做”“鼓励大家主动参与”等，责任范围的不明确必然会造成责任的冲突。因此，在开会之前，我总是会拿出足够多的时间，来做一个工作计划与安排，包括工作时间、工作人员以及每个人的职责等。在制作时，我也会在各司其职的基础上，根据每位同学的性格特点与工作长处等，对一些性质不明确的工作进行详细的划分。在这样的工作安排当中，一般情况下，绝对不允许出现“谁有空谁做”“鼓励大家主动参与”等用语。虽然在开会之前，我要在工作计划的制订上花费较多的时间，这一时间也绝不比具体的工作执行时间短。但如此操作的好处就是，可以使班委会工作形成一个良好的循环，能够在最大程度上避免问题的出现。

其次，是工作的完成时间问题。我不知道我的同学们是否发现了我的这一习惯，在将工作分配出去的同时，一定会对完成时间进行协商，比如“周日晚上九点之前发给我，可以吗？”“大概什么时候能做完，能定个初步时间吗？”只要条件允许，我一定会给出一个相对来说比较充裕的时间。而如果是同学们自己报给我一个时间节点，那就更不需多考虑，因为这一定是他已经衡量好的，只要客观条件允许，这些协商就算是达成了。我自己在做工作时同样如此，并且经常会告知对方，我会在多长时间内完成，并附上“如果我周日晚上九点还没有发给你，请提醒我一下”。这样既能提高自己的工作效率，也不至于忘事。当然，时间不是死的，偶尔真的完不成，晚了几个小时也无所谓，但如果晚了一两天，可就得“追究责任”了。

此外，要减少工作的干预。俗话说“疑人不用，用人不疑”，这其实对每个人都提出了很高的要求。具体到工作上，当我把工作计划与安排分发给大家之后，一般情况下不再插手搭档们的进程与手段，工作分配上主要是工作的内容、目标与时限，但完成工作的手段与方法，就得由各位同伴分别掌控，毕竟每个人的行事风格不同，难以做出统一的规划。

此时的我，其实就是一个规划者与收集者。做好计划之后，将工作分发给大家，到达约定的时间后，再将各项工作一一收回并汇总，第一时间内反馈给大家。在这样一个过程中，我会尽可能多地把时间放在首尾两阶段，而尽量减少中间过程的参与。这是对整个工作体系中每一位成员的尊重，既能明确每个人的角色定位，也能最大限度减少工作的风险，最终使得效率获得极大的提升。

可以说在大二的一年里，我走了一条与大一时期完全不同的路。这种方式并不完美，也会出现相应的问题，但总体上效果不错，类似的理念与做法也值得我继续坚持下去。

如果让我自己来评价这两年的班长工作，那就是优点和缺点一样突出。大一时在糟糕中跌跌撞撞取得一定的成果，大二则在努力突破自我的过程中遗留下一丝丝的遗憾。因为太想要带领法学132班有所斩获，所以有了一次又一次的尝试，也正是在这些尝试中，诸多问题得以暴露。收获的成果是眼前金灿灿的苹果，而暴露出的问题，则是背后的泪水，这些泪水终将化为动力，绽放成新的崛起。

对于班级曾经出现的问题以及工作当中发生的不愉快，我也会感到自责。但幸运的是，我的兄弟姐妹们并没有怪过我，反而后来大家能更客观地看待当初的种种问题，并不断予以反思。这样的结果，我很满意！

辞职已经快一年了，但直到现在我也会经常回忆和反思当初的日子。既有个人的成长，也有对班级与同学们的服务，还有作为班长与同学们关系的相处。没有哪一个更占上风，因为此三者密不可分，它们也共同构成了这段回忆，这段充满艰辛又令人难忘的历程。

看看时间，已经是凌晨两点，但丝毫没有睡意。不过还是躺下吧，不能再想了。如果继续这么天马行空地想下去，可能就得今夜无眠了。

晚安！

祝好！

一个理性的疯子

2016 年 6 月 4 日

健康本位

亲爱的健康的你：

不知道怎么回事，最近看到了好几则关于工作中猝死的新闻，而且大多数是年轻人。为了适应如今越来越快的生活节奏，同志们也是蛮拼的。这突如其来的噩耗轰炸，搞得我也有点不得不多心了。

今天天气挺热。

白天坐的时间长了，颈椎也疼得难受，希望不是颈椎病的前兆。现在的学生一族，得颈椎病的越来越多，只不过有的是学习太累，有的是玩电脑游戏太累。以前，上体育课的时候，老师说平时多打打排球，能够有效地预防颈椎病，不过课程结束后，也就跟排球说再见了。现在拿起排球，估计连发球都是个问题。晚上，看书看得烦闷，就去操场上跑了跑，照旧是五公里。上次跑五公里还是一周之前，真是有点自责。跑完之后，满头大汗，再稍加拉伸，感觉身体舒服多了。

看来，体育锻炼是治愈一切病症的苦口良药。

听父母说，我小的时候身体状况很不好，经常头疼脑热，打针吃药也就成了家常便饭。印象比较深的，是刚上初中时，就病了一场，在奶奶家里连着打吊瓶好多天。真是出师不利！还有一次，不记得是什么原因，去县医院里检查、输液，由于我的血管比较细，科室里好几个女大夫在我的手上扎了好几次，我硬撑着没有哭出来。现在回想一下，还真有点心疼当时的自己。

后来，为了增强体质，我便开始跑步。大概是从初二开始，跑得不多，但也尽可能地让自己跑起来，不求多么快的速度，只为了让自己的身体不至于太笨拙，哪怕是出出汗，对于增强体质也是大有好处，而这，也就成了我跑步生涯的开始。高中阶段同样如此，不过高中和初中比起来，多了跑课间操这一道程序。很多同学对此极为抵触，但我却是乐此不疲，总觉得课间操跑得不过瘾，如果能再加点儿就更好了。由于中学时代课业压力太大，课余时间相对来说不是很充裕，我的跑步生涯也有过间歇性的停顿。

大学就宽松多了，我也有更多的时间去享受田径场的乐趣。我起床比较早，而且更喜欢在塑胶跑道上跑步，当时还不太适应水泥马路。工大的体育中心夜间是关闭的，第二天早上七点左右才开门，严重影响了我的晨跑计划。我的心里自然很不痛快，以至于有一天，我跟沈老师说起此事，还想着能不能联系体育部，给我也配一把体育中心的钥匙，我愿意做一个免费的看门人。可能是我当时言辞过于激烈，把沈老师吓坏了，她还连忙安慰我，估计是生怕我做出什么不合适的举动。这件事后来也就不了了之，我也迫于无奈转移了跑步阵地。可惜当时的聊天记录没能保存下来，不然的话一定会是一个很有趣的回忆。

体育锻炼给了我诸多实实在在的好处，因为自从爱上跑步以来，我的生病次数极少。无奈后来不幸患得鼻炎，对此我真是束手无策，只能期待今后的空气污染会少一点。也正是看到了跑步的好处，我也有更大的动力去坚持，为了自己的身体，为了自己的工作、学习、生活，为了我的亲戚朋友，更为了我的家人。

然而，跑步并非万能。大二那一年，我深深吃了身体的亏。那一年是我时间最紧张、压力最大的一年，也是我成长最快的一年。但是，由于睡眠不足、睡眠不规律、饮食不规律等，我的身体敲了警钟。

我自认为是一个比较注重身体状况的人，但那一年却不同往日地忽视了。幸运的是，我的预感还算敏锐，及时看了大夫，大夫说正是以上的因素造成了身体虚弱以及免疫力下降。经过半年多的中药调理，总算结果不太坏。可惜花了我不少大洋！

塞翁失马，焉知非福。有了这一次的经历，我也越发认识到健康的重要性。坚持跑步等体育锻炼是一方面，同时也有意识地规范自己的作息习惯，只要条件允许，一般情况下不熬夜，第二天不睡懒觉。遇有个别情况，必须熬夜才能完成的，第二天一定会让自己多睡一会儿，或者头一天白天提前睡足。饮食也更注意了，饭量大小不是最关键的，规律饮食起着更重要的作用。尽量让自己按照正常的时间点吃饭，而且早饭无论如何一定要吃，因为早饭的价值，超过午饭和晚饭的总和。多吃蔬菜和粗粮，多吃瘦肉多喝粥，远离垃圾食品，大有裨益。

最初的时候，我还给自己制订了很多每日计划，包括饮食、运动等。虽然由于种种原因，未能始终如一地严格遵守，但尽量向之看齐。时间久了，自己也就养成了相应的习惯，效果也就慢慢地显现出来。

我并不是一名专业的运动员，也便不须按照运动员的标准来要求自己的体育锻炼。我坚持着跑步的习惯，但也不意味着每天都跑，那样的话，我的身体，特别是我的膝盖会难以承受。因此，更多的是隔天跑，或者今天跑得多、明天跑得少。总之，就是要为自己的身体留下休息的时间。这样不至于太疲劳，同时也能够很好地发挥跑步之于我所应有的作用。偶尔跑兴大发，也会来个十多公里，玩味一下其中的乐趣。

总而言之，无论如何，一定要保护好自己的身体。“身体是革命的本钱”，这句话必当终生牢记。如果年轻的时候不注意健康，那么你的身体，必然会在中年、老年时，与你秋后算账！相信在未来的时间里，我们会在体育锻炼中发现相同的爱好与乐趣，树立起相同的健康意识和锻炼意识。我确信，这些意识的养成，会比纯粹知识与技能的学习，更有意义！

送给热爱运动的你！

近安！

同样热爱运动的我

2016 年 6 月 8 日

天下再无 Beyond

亲爱的你：

不知你对流行音乐有什么样的看法？但我能确定，你一定也有过戴着耳机、摇头晃脑地听音乐的经历。你喜欢什么类型的歌手？喜欢什么类型的歌曲？有没有喜欢的词人、作曲人？如果你经常听音乐的话，一定会形成某些习惯，同时也产生你的流行音乐审美。这是一件比较轻松也比较有趣的事情！

音乐是时代文化的写照，而流行音乐，往往是其中最即时、最清晰的映像。我不知道在你的世界里，流行音乐是什么样子，但至少近几年的流行音乐，我还算得上是一位亲历者。

流行音乐因其清新明快、情感直接、浅显易懂等特点，自问世以来，便有着迅速的发展，几十年来，盛行不衰。当然，这只是我们通常意义上的流行音乐。如果真要深究起来，任何一个时代中广为大众接受的音乐，都算是流行音乐，包括当年的京剧、昆曲，甚至更古老的《诗经》等。因此，我在这里所说的流行音乐，仅限于近几十年来流行起来的音乐，也即狭义上的流行音乐。

在流行音乐的歌手中，我最欣赏的，当属 Beyond 乐队。不知你对这个乐队是否了解，是否能接受他们的音乐？

Beyond 乐队成立于 1983 年，最初由黄家驹、黄家强、黄贯中、叶世荣组成，后来人员也有过变换。1993年，乐队因黄家驹的不幸离世而遭到重创，发展受到了极大的限制。1999年乐队暂时解散，2003年复出，但由于种种复杂的原因，乐队未能得到更好的发展，最终于2005年正式宣布解散。自此，香港流行音乐的天王级乐队，永远地与歌迷们说了再见。

Beyond乐队真正辉煌的时间很短，大体也就是1989年到1993年的短暂四年。但就在这短暂的几年里，Beyond推出了一首又一首堪称具有划时代意义的金曲，走向了香港流行音乐的巅峰。

很遗憾我未能亲身感受Beyond巅峰的年代。小学时，Beyond的歌曲我便已经耳熟能详，到了中学听得也越来越多了。据年长一些的朋友们说，如今很多歌手在最红的时候，与当年的Beyond相比，依然有着不小的差距。他们是80后一代人的精神偶像，而这股浪潮，在乐队走向解散之后，依然未曾褪去，由此可以想象Beyond的魅力。

流行音乐在兴起之初，旋律是自然、清新的，也有着丰富多样的变幻。但是，当时的音乐主题显得较为单一，歌唱男欢女爱的情歌占据相当大的比例。这与当时追求自由恋爱的浪潮有一定的关系，因而也无可厚非。但流行音乐要想获得质的提升，单纯依靠情歌远远不够，这样的格局，对于一门艺术而言，显得太狭小。而Beyond的成功之处，就在于冲破了当年情歌的牢笼，将更多的主题纳入流行音乐当中，为整个乐坛开辟了一片新的天空，让人们看到，原来流行音乐的世界，竟是如此得辽阔！

以乐队最经典的几首歌为例。《光辉岁月》鼓励黑人争取民主与自由的斗争，向黑人领袖曼德拉致敬；Amani、《交织千颗心》呼吁世界和平，关注非洲难民儿童；《农民》将音乐视角投向了最被音乐人忽视的农民群体；《真的爱你》表达了对母亲真挚的爱；《大地》反映了两岸关系问题，抒发了强烈的爱国主义情怀；《长城》意象宏大，视野开阔，饱含着对历史的沧桑感慨；《送给不懂环保的人》关注环境保护问题，更为很多人敲响了环境破坏的警钟；《海阔天空》《灰色轨迹》中矢志不渝的理想情怀，展现了对理想的向往与不懈追求。

客观地说，如果单纯从文采的角度来评析 Beyond 的歌词，其质量个人认为算不得上乘，他们作曲的才华比作词的才华要更好。然而，歌词的成功并不仅仅在于它的语言本身，更关键的是歌词所表达的思想与情感。正是在这一点上，Beyond 的歌词突破当时香港流行音乐固有的情歌模式束缚，为音乐创作提供了更广阔的思想空间。这种强烈的人文关怀，产生了划时代的意义，成为很多音乐人难以企及的里程碑。因此，Beyond 的歌词所爆发的力量，无比强大。

歌迷们对于 Beyond 的怀念，并不仅仅是喜欢那动人的旋律，更是怀念那股突破局限的力量，怀念那种年轻无极限的理想，怀念那种超越国别、肤色、语言的悲天悯人的情怀。

这种情怀，是艺术的情怀，也是人的情怀，它值得每一位歌手、艺人，以及我们每一个人，致以最崇高的敬意！

天下再无 Beyond！

一个理性的疯子

2016 年 8 月 9 日

张王李赵我姓南

亲爱的你：

相信你与我会面临同样的问题：当我向别人介绍我的名字时，我很多时候都不得不强调“我姓南，南北的南”。这个问题并不多余，因为如果我不介绍的话，很多人会有疑问：“姓南？没听说过。是少数民族吗？”每到这时，我都需要做一个解释。

这确实是一件挺有意思的事情。

中国的姓氏文化源远流长，最早可以追溯到原始社会的母系氏族中，因此很多古老的姓带有女字旁或者女字底，如姜、姬、姒等。姓的来源也有很多，有的以国名为姓，有的以居住地为姓，有的以官职为姓，也有的以职业为姓，不胜枚举。无论哪一种来源方式，都有着非常久远的历史与文化，也都是中国传统优秀文化的重要组成部分。姓氏彰显着人的血缘宗亲关系，也是家族延续的重要标志。

关于姓氏文化，最有影响力的一本书当然是《百家姓》。作为中国古代最优秀的幼儿启蒙读物之一，《百家姓》在中国姓氏文化的传承、中国文字的认识与传播等方面都起了巨大的作用，这也是《百家姓》能够流传千百年的一个重要原因。

但是，《百家姓》里是没有“南”的，这或多或少也引起了我对古人的愤慨。

好多年之前，记得跟父母去邯郸丛台公园。点将台的旁边有一位先生，在卖关于姓氏的解析。父亲从他那里买到了“南”姓的解析。不过后来，这张纸不知了去向。年代太久远了吧！

昨天，跟一个朋友初识，我如往常一样做了自我介绍。他对我的姓比较感兴趣，问我姓南的名人有哪些，这个问题当然难不倒我。可随后他又问我姓的起源，这个刨根问底的难题还真是困住了我。当初我也考虑过这个问题，但并没有检索过相关的资料。今天闲来无事，倒是想查个究竟了。

搜集到的资料显示，南姓起源的说法有六：

起源一：出自周代南仲，以祖名为氏。据唐朝诗人张九龄的《姓源韵谱》所载：“商王盘庚妃姜氏，梦龙入怀，孕十二月而子，手握‘南’字，长大后主管荆州，号‘南赤龙’，其曾孙南仲周初为大夫，后世子孙遂以祖名为姓，称南氏。”

起源二：出自姬姓，以祖字为氏。据《古今图书集成·氏族典》里郑樵的《通志》记载：“以字为姓。南氏，姬姓卫灵公之子，公子郢，字子南，以字为姓。”

起源三：出自姒姓，源自夏禹之后，以国名为氏，为男氏所改。据《史记·夏本纪》所载：“太史公曰：禹为姒姓，其后分封，用国为姓，故有夏后氏，有扈氏，有男氏……”司马迁后裔司马贞的《史记索隐》引用先秦古籍《世本》注释“男”作“南”，即南姓来源于姒姓。

起源四：出自春秋时晋国隐士之后，以地名为氏。春秋时，有晋国高士居隐于南乡（今山西），其后代子孙以地名为姓，称南氏。

起源五：出自他族，少数民族姓氏音译而来，今汉、藏、满、回、蒙古、朝鲜、傈僳等民族均有南姓。（从这个解释看，别人问我是不是少数民族也就不足为怪了）

起源六：一个有趣的传说。当年一位老太太逃难到湖北，正值当地在登记户口。从早上一直登记到傍晚，这才轮到老太太。老太太当时不发一言，她看着快落西的太阳，环顾四周，指向南方。登记人好似明白：“哦！姓南！”

如此一来，答案便清晰多了。尽管难以判定上述哪一种或哪几种起源是最准确的，但可以确定的是，南姓确实是稀少的姓氏，也可以理解为何《百家姓》的作者没有把这一姓氏收入其中。

南姓虽然少见，但是名人可不算少。唐朝的南霁云应当是南氏宗祖的典范。“洒血睢阳谁笑痴？故乡粗豆靡穷期；李唐社稷今何在？不及将军尚有祠！”这首诗赞扬的就是南霁云将军。南将军在安史之乱中功勋卓著，但在睢阳一战中不幸被俘，并豪言“欲将以有为也。公有言，云敢不死？”宁死不降，慨然就义。据说南将军在甘肃省天水市一带具有极为广泛的群众影响，被当地百姓供奉为二龙大王，民间广泛敬称为二爷。2006年，中国作协会员、甘谷县文化馆牛勃根据南霁云的历史故事传说，亦即天水一带民间供奉的秦州慧音山二龙大王的真实故事改编并创作了大型秦腔历史剧《睢阳魂》，有机会的话你也可以看一看。

而近当代最有名气的，当然是南怀瑾先生。先生在国学与宗教的研究方面颇有造诣，绝对是当今第一流的国学大家。中华人民共和国成立以来首任央行行长南汉宸，是中国金融事业的创办者之一，为新中国的金融、贸易做了突出的贡献。正泰集团股份有限公司董事长兼总裁南存辉，是“浙南模式”的积极探索者和杰出代表，曾荣获“2002CCTV中国经济年度人物”“中国十大创业领袖”“首届中国优秀民营企业家”等多项荣誉。当然，还有我的法学同行，现任中华人民共和国最高人民法院副院长南英，名副其实的法学大咖。

因为稀少，所以亲切。从小到大，我都会留意身边姓南的朋友，每次遇到，都会倍感亲切。当然他的心思跟我应该是差不多的。比如本科期间为我们讲授最后一堂课的天津市红桥区南宝龙法官，下课之后我们还亲切地合了影。只是到目前为止，我还没有见过与我同名同姓之人，如果有幸见到，我一定要同他好好聊聊。

张王李赵，我姓南，我骄傲！

哈哈，闲话至此，天色已经很晚。

祝好！

一个理性的疯子

2016 年 10 月 27 日

无忌学太极

亲爱的你：

《倚天屠龙记》中，张无忌学太极的那一部分，很精彩，亦十分玄妙。

在有限的时间里，张三丰要将太极剑法传授给张无忌。张三丰演示之后，并未问及张无忌记住了多少，而是反复问忘记了多少。张无忌何等聪慧，不仅领悟了张三丰的深意，而且忘得极快，最终用太极剑法击败了对手。

无论是电视剧、电影，还是小说原著，这一段都很吸引人。我最初和周颠一样，未能领会其中的含义，而后方明白，原来这里的"忘记"，是要忘记剑招而领会剑意。真正的武林高手，最初都是从招式学起，但其能够称霸武林，非因招式，而因武功的精深奥义，好比"无招胜有招""一花一叶皆为利刃"。学习任何事物，掌握内在的意涵比外在的招式更加重要。

不记得是哪位大师的名言："当你毕业之后，将在学校里学到的那些知识悉数忘掉，最终所留下的智慧，才是你求学的收获。"这一道理与无忌学太极相似。具体的剑招、具体的知识，都有着明确的外在表现，要想掌握，只要勤学苦练，并非难事。但是剑魂与智慧，并非剑招与知识的积累，而是剑招与知识在大浪淘沙之后的沉淀和升华。它们对于人的影响，最具长远性与持久性，也最能够激发人的种种潜力。

知识的积累需要勤奋与刻苦，需要大量的时间投入，这是一个极其漫长的过程，也是容易打击积极性的过程，毕竟这样的过程太枯燥。但这一过程又是通往智慧的必经之路，如果智慧是“上层建筑”，那么知识就是坚实的“经济基础”（这里的知识并不是指书本上的知识，应该作宽泛理解，包括生活经验、社会见闻等。倘若对知识的理解过于狭隘，必定后患无穷）。

智慧的总结需要思考与领悟，也需要一定的冒险精神。智慧的获得必定是以知识为基础，但未必是具体的知识。智慧获得的过程，一部分是自身努力思考、反复锤炼的过程，另一部分也是知识进行自我沉淀、产生潜移默化影响的过程。该过程具有一定的后来性，即往往发生在知识积累的过程之后，故而必须耐下心，否则“心急吃不了热豆腐”。

大学生的实践能力近年来备受诟病，这一点不可否认。确实学生在毕业之后，很难在短期内适应紧张的工作，一定程度上可能会加剧“招工难”与“就业难”的矛盾。但因此而否认大学的教育模式，或者认为大学是培养书呆子的地方，似乎就有失偏颇。尽管大学以为学生讲述基础知识为主，但其最终目的从来都不是传授具体的技能，而是希望知识的传授能够为学生提供坚实的基础，从而帮助学生树立起合理的专业认知与价值取向，培养其学习能力与良好的生活习惯。简言之，通过传输知识以激发智慧。如果以毕业之后学生对实践的适应能力作为评价标准，那么在如今高等教育的理念下，大学生的适应力绝难超过职业技校的学生。教育模式的差异并不代表着教育模式的好坏，大学模式也绝对不是“书呆子模式”。剑招的重要性不可否认，如今高校毕业生“就业难”的困境，间接提醒着今后的教育环节应当扩大实践教学的比重。若以同样的标准去衡量不同的教育模式，有可能造成本末倒置的局面。

最后，希望我们可以一起，积累更多的剑招。在此基础上，领悟更多的剑意！

一个理性的疯子

2016 年 11 月 4 日

又及：

已有的智慧有可能会与新的知识存在一定的冲突，即先入为主，特别是在上课或者与他人交流学习的时候。由于我们每个人都有自己独特的思想体系，因而新知识要想进入大脑，必然要与原有的思想体系产生碰撞。这种碰撞是思考的表现，是最有价值的，但在上课以及其他即时性交流时，这样的碰撞一旦产生，便会因思考而浪费时间，影响自己对新知识的收入，这有点得不偿失。因而，在我看来，如果能够在上课之前以及与他人交流学习之前，首先排空自己的大脑，忘掉剑意与智慧，推定新知识都是正确的，在最短的时间里进行最大程度的吸收，吸收之后再进行思考，思考这些新知识与新观点是不是正确，是不是符合自己的需要，有则留之，无则弃之。如此一来可以避免错过新知识的接收，二来能够在全面认识的基础上进行思考，使其发挥最大的效应。

一个理性的疯子

2016 年 11 月 4 日

“一个人的百鸟朝凤”

亲爱的尚未谋面的自己：

你说，古老的手艺，真的就要步入地狱了吗？

有两部电影，我觉得很值得看一看，一部是《百鸟朝凤》，另一部是《一个人的皮影戏》。我将二者合并起来，称为“一个人的百鸟朝凤”，这并非强行嫁接，因为太多的老手艺，如今真的在面临“一个人”的尴尬处境。

《一个人的皮影戏》上映时间较早，第一次听说这部电影，是在参加一次调研活动时。这部电影的剧情很简单，皮影戏手艺人马千里演了一辈子的皮影戏，但是随着社会的发展，农村里有意愿欣赏、学习皮影戏的观众和村民越来越少。而有一天，一位大学教授与一位法国姑娘来到了村里，想要用镜头记录下皮影戏，并帮助马千里申报国家级非物质文化遗产。在村主任的协助与鼓励下，马千里同意了，但是在申报的过程中，他走进了城市，走进了大学，走进了大舞台，他不断遭遇到了很多从前没有遇到过的诱惑与冲击。最终，皮影戏的非遗申报未能成功，马千里的观众越来越少，只剩下她的老邻居和一个徒弟。破落的农村戏台上，只剩下孤独的马千里，用生命最后的力气，嘶吼着英雄石敢当的故事。

皮影戏的受众范围已经越来越小，现在基本上很难再找到皮影戏的市场。正如影片所讲，马千里苦口婆心地劝儿子回农村学习皮影戏，可出于生计考虑，儿子死活不愿意；为了让村里的孩子们学习皮影戏，村主任通知村民“每来一个孩子，就能奖励两瓶酒”，这才得到村民们的支持；村里停电之时，村民们围在一起看皮影戏，马千里演得兴致勃勃，但当村里来电之后，戏台下瞬间空无一人，恨得马千里怒砸电表箱；马千里去大学里讲课，学生们并不关心皮影戏，而是关心皮影戏与电影的关系；马千里多次邀请孙女来看爷爷的演出，可孙女不是在唱 KTV，就是在看电影。诸如此类的一系列反差，将皮影戏的困境展现得十分到位。

“一口道尽千年事，双手对舞百万兵”，皮影戏，堪称电影的鼻祖，有着将近两千年的发展史，曾在全国各地产生巨大影响，很多地方也都有独特的皮影戏流派和剧本。但如今，皮影戏已经没有了在现代社会生存的空间，不得不说这是历史的一大遗憾。两千年的发展过程当中，皮影戏将表演、音乐、唱词、灯光、剧情等融为一体，在数以千计的戏曲当中实属最为复杂、最为生动。但如今皮影戏已经岌岌可危，皮影表演几乎无人欣赏，这一古老的戏曲只得依靠其皮影工具本身才得以在短时间内不会消失。可以说，如今的皮影戏，“只有皮影但无戏！”

与之相似的一部电影，就是吴天明导演的《百鸟朝凤》。应该说，在近些年的电影市场上，这部电影是最受关注的以非物质文化遗产为主题的电影。并不仅仅是因为该电影出自吴天明之手，更是因为这部电影给人更直观的冲击与思考。

陕西省无双镇的焦三爷号称“唢呐王”，在当地颇有名气，村民们也都希望孩子们能够跟焦三爷学吹唢呐，特别是吹响唢呐名曲《百鸟朝凤》。少年游天鸣在父亲的带领下向焦三爷求学，焦三爷为游天鸣的眼泪所感动，收其为徒。不失焦三爷所望，游天鸣天资聪颖、勤奋苦学，后来也取代焦家班，成了游家班的班主。然而，古老的唢呐终究在文化多元的社会中困境重重。一方面，唢呐的变幻性不足，与西洋乐器比起来韵律感较差；另一方面，人们的谋生路径增多，吹唢呐的收入低、活儿少，唢呐匠们也纷纷离开了这个行业。焦三爷捍守唢呐，为了一曲《百鸟朝凤》而口吐鲜血，不久病亡。孤独的游天鸣信守着当年在师父面前立下的誓言，一人撑着游家班，在“唢呐王”的坟前，只能吹响一个人的《百鸟朝凤》。

这部电影大致分为两部分。前半部分主要讲游天鸣的学艺过程，在当时的年代，吹唢呐是一门能够养家糊口、人们争着去学的手艺；后半部分主要讲唢呐受到的冲击，当年人人敬仰的唢呐已经无人赏识，出于生计的需要，焦三爷的徒弟们也各自另谋出路。两部分差别的根源，恰恰就在于年代。之前的年代，乐器单一，唢呐的地位没有其他乐器能够撼动，当地人都以死者能够听到《百鸟朝凤》的音律而骄傲，并且当时谋生手段少，吹唢呐是减轻“面朝黄土背朝天”的压力的重要途径，也是一个家庭的荣耀。但十几年过去，一切都变了，乐器增多，唢呐已经失去了当年的王者地位，加上村民们外出打工，不愿意固守农村，唢呐的经济收益实在太低，村民们不愿意再学唢呐，唢呐的末路也就成了历史长河中无奈的必然。

这两部电影的主题思想相差无几，表现主题的手法也颇有相似之处。如果单纯地从电影制作的角度进行评价，这两部电影算不上高质量的作品，无论是情节、演技，还是电影结构等，都难以称得上深入人心，电影所欲达到的那种感染效果也未能真正达到，甚至有些表现手法显得过于老套，在新意上稍显不足。但这两部电影，最大的价值就在于，它们最直接地将观众们的目光引向非物质文化遗产，尽管影片的拍摄水平与制作水平还有待提升，但电影所传达出的主旨，令人印象深刻，也使人思绪万千。

这两部电影的制作时间与上映时间，大体是在 2010 年之后。对非物质文化遗产与相关法律有一定了解的人应该能看出来，这是以国家大力保护、推广非物质文化遗产、保护非物质文化遗产传承人为背景的电影作品。《一个人的皮影戏》直接以国家级非遗申请为主线，而《百鸟朝凤》后半部分也讲述了地方文化部门要录制唢呐这项非遗的经过。在这样的背景之下，这两部电影的问世，更激发了人们对于非物质文化遗产的种种思考。在现代社会文化多元化的条件下，唢呐与皮影戏，是否还有生存下去的可能？如果想要生存下去，需要付出怎样的代价？它们，又能够生存多久？

这些问题，太难回答！

皮影戏，基本上已经无人欣赏！说来惭愧，自小到大，我都没有完整地看过一场皮影戏，我也不知道究竟哪里才能看到传统的皮影戏的表演，而唯一见过的，就是各种各样的皮影艺术品。若要保护皮影戏，保护皮影只是其中一部分内容，关键之处还是要保护“戏”。皮影戏的精华，更多在于“戏”而不是“皮影”。但如何保护这些戏，如何让更多的人去看皮影戏，至今仍是没有答案的难题。

唢呐同样如此。在庙会、传统戏曲表演中，唢呐依然能见到，但是唢呐匠们，却少有年轻人的面孔，也少有年轻人愿意去学这古老的唢呐。必须坦诚地说，我为传统名曲《百鸟朝凤》感到骄傲，我也很喜欢这首曲子，偶尔也会听一听我们这些乡间音乐，但若真让我去学，我亦是无能为力。

对于这一类问题，我越考虑，就越感到自己的虚伪与狂妄。这些古老的手艺，我很喜欢，我很欣赏，但我又恨自己无力，恨它们的冥顽不灵与前路茫茫。在时代的浪潮之中，这些古老的手艺，是否注定了灭亡的命运？是否注定了在传承人上青黄不接？是否注定只能定格在图像中、视频中、博物馆中？

有一个我说，每一门手艺都有它的寿命，只是有的寿命长，有的寿命短。我们现在，是在为这些古老的手艺做手术，一个前无古人的大手术，如果手术做成功了，它们有可能还能多活几年，但是能多活几年？这个手术是如此复杂，几乎没有人有足够的信心来为其主刀，也不知手术过程中，会不会出现新的排异。

另一个我说，我们现在需要为这些老手艺制作“遗像”了。它们的逝去是历史的必然，我们现在已经不需要再为它们做手术，就让它们慢慢死去吧，这样也可以减少它们在挣扎中的种种痛苦。而当下的我们，应该抓紧时间，制作更多的“遗像”，这样可以在我们将来想念它们的时候，抱出这些“遗像”来看一看，这也算是留给我们自己、留给子孙后代的财富。

究竟哪一个我是对的？究竟哪一个我才是最合理的？究竟哪一个我才知道，哪一种方法才是最经济实惠的？究竟哪一个我才能战胜另一个我？究竟哪一个我才能战胜另一批我？

为什么会有这么多的我？

我在思考。

却一直没有答案！

一个不理性的疯子

2016 年 11 月 14 日

可怕的目的性

亲爱的你：

最近还在坚持着体育锻炼吗？

不要忘记，如果年轻的时候不注意健康，那么你的身体，必然会在中年、老年时，与你秋后算账！

今天在校园里跑了跑，本想着是锻炼一下，也让自己有所放松，结果跑完之后，反倒更累了。不只是身体累，而且心也累。

跑步本应该是一件很轻松、很愉快的事情，大汗淋漓之后，浑身都会觉得舒爽，因为汗水会带走压抑在内心深处的焦虑。我本来希望跑步可以起到调节身心的作用，但今天，却起到了反作用。

跑步有两重目的，第一当然是锻炼身体，第二是放松心情、排解压抑。这两重目的应该不会有所争议，我亦是在这两重目的的动力作用下，坚持着跑步的习惯。今天跑步的时候，我如往常一样，坚信着跑步能为我带来强健的体魄，一边跑还一边规划着我近几天的跑步方案，还在思考着前段时间从书中学来的跑步经验，尝试着将这些经验为我所用。同时，利用跑步加拉伸的这一个小时，我也在反思着最近遇到的事情，自己是否处理得当，又是否得到了他人的赞扬或者不满，手头的这几项工作我应该如何规划时间，我以后又应该如何更好地利用自己的跑步时间，等等。刚刚跑完时，我很满足，我为自己在跑步的同时高速旋转的大脑感到骄傲，也为自己的高效而自得。

然而，休息之后，在回教室的路上，我竟丝毫没有感到轻松，以前跑完步之后那种酣畅淋漓、舍我其谁的感觉荡然无存，留下的却是一副疲惫的身躯以及塞满了各种信息的大脑。一件原本轻松的事情，却在种种功利主义的思考之下，变得不再轻松，似乎成了我新的负担。

此时我又在想，跑步有几重目的？我竟找不到答案。

而没有答案的原因，可能就在于，我为跑步赋予了太多的目的。

知道自己为什么做事、想做什么事以及通过做事所达到的效果，诚然非常重要。在目的性的指引下，我们能够明晰自己的时间安排与路线规划，这往往能够帮助我们取得事半功倍的效果。很难想象，一个做事情毫无目的的人，最终会走上一条怎样的道路。目的代表着方向，找准方向再加速，才是正确的选择；倘若本末倒置，无异于缘木求鱼。

然而，凡事都需要讲个目的、论个究竟吗？未必。

郑板桥的“难得糊涂”可谓脍炙人口，其本意如何已经无人知晓，故而每个人都对其有着不同的理解。就以今日的跑步为例，如果我也能“糊涂”一把，未必是一件坏事。跑步本身是一件轻松愉快的事情，它本足够吸引我全身心地投入其中。但在跑步之前以及跑步之中，我为其赋予了太多的目的，为其寄予它本不应该承受的厚望，结果导致“赔了夫人又折兵”，不仅没有缓解自己的身心，反而又增加了几重压力。

不仅跑步，很多事情都是如此。

我们总是带着各种各样的目的性出发，甚至为了某一件事的目的而不惜将此目的强加在其他事情的身上，或者为一些本不需要任何目的、本来应该“难得糊涂”地沉浸其中的事情强行赋予太多的目的性，结果使很多事情失去了其自身的固有价值，并使之成为其他事情的附庸，我们也便很难体会这些事情的纯净之美、原始之美。这不仅仅是身体上、生活上的损失，更是思想上、美的价值的损失。很多事情的做成，依赖目的的确立以及目的性的坚持，但也有些事情，并不需要目的性或功利心理的参与，而是要让自己像一个愣头青一样，保持着糊里糊涂的心态，才有可能感受到这些事情最本真的价值与美。

因此，我们不见得一定要“为了什么而做什么”，可能也需要“我就是想做什么”或者“我觉得我应该去做什么”。偶尔学会毫无目的性地去做点什么，这样一种纯自然的状态心理，也许能够为我们打开一个新的世界！

期待你的思考！

近祺！

一个理性的疯子

2016 年 11 月 19 日

鹰猎之殇

亲爱的无所不知的你：

今天在网上看判决书，偶然发现一起与鹰猎文化相关的判决。

2013 年 7 月至 8 月间，被告人赵某某在未取得猎捕证的情况下，在吉林市昌邑区土城子乡渔楼村一社北山上，利用网具，非法猎捕国家二级重点保护野生动物苍鹰共 3 只。被告人的律师以其为鹰猎协会会员为由，主张其猎捕行为是对非物质文化遗产的传承，可对其酌情从轻处罚。法院对此理由并未采纳，最终判决赵某某有期徒刑两年，缓刑两年，并处罚金人民币 5000 元。

我并没有能够搜集到本案被告人赵某某更多的相关资料，因而对其真实身份、行为目的等无法做出全面的判断。但从判决书来看，本案表面上没有什么问题。可仔细推想一番，本案的背后，有可能潜伏着鹰猎文化在法律结构中所孕育的狂风暴雨。

鹰猎文化在世界范围内，有着极大的影响力。迄今为止，经过联合国教科文组织的允许，已有比利时、法国、蒙古国等 18 个国家的鹰猎文化被列为世界非物质文化遗产，我国也正在这条道路上努力着。

鹰猎文化在各个国家、各个地区，都有着非常古老的历史，最早可以追溯到四千年前。我国的鹰猎文化主要存在于东北吉林一带、新疆哈萨克一带与云南丽江一带。柯尔克孜族驯鹰习俗和吉林乌拉满族鹰猎习俗经国务院批准，已经被列入第三批国家级非物质文化遗产名录，云南丽江纳西族也在争取将其独特的鹰猎文化列入国家级非物质文化遗产名录当中。可见，鹰猎文化已经得到了我国政府相关部门的认可。

认可？

似乎不太简单。

鹰猎文化源远流长，古老的鹰猎人在其多年的鹰猎活动中，总结出诸多经验，口耳相传，逐步完善，才有了如今鹰猎文化的模样。鹰猎人借助鹰网、鹰杵子、鹰尾铃、鹰绊绳、鹰架子等一系列蕴含丰富古老智慧的捕鹰工具，按照祖先留下来的鹰猎程式，开展鹰猎活动。无论是鹰猎的纵向传承，还是鹰猎的横向比较，我们都能看到鹰猎文化不同于其他非物质文化遗产的独特属性，那种对祖先的缅怀、对神兽的崇拜、对大自然的敬畏，令人震撼又心生敬意。

然而，鹰猎文化本身，与现代社会的诸多理念有着强烈的冲突。鹰猎，顾名思义，是对鹰的猎捕。鹰在少数民族中，特别是满族，有着神圣的地位，是民族的图腾。如果猎的不是鹰，那么，这一技艺自身所蕴含的文化深意便可能要大打折扣。我国《野生动物保护法》第四十五条规定："违反本法第二十条、第二十一条、第二十三条第一款、第二十四条第一款规定，在相关自然保护区域、禁猎（渔）区、禁猎（渔）期猎捕国家重点保护野生动物，未取得特许猎捕证、未按照特许猎捕证规定猎捕、杀害国家重点保护野生动物，或者使用禁用的工具、方法猎捕国家重点保护野生动物的，由县级以上人民政府野生动物保护主管部门、海洋执法部门或者有关保护区域管理机构按照职责分工没收猎获物、猎捕工具和违法所得，吊销特许猎捕证，并处猎获物价值二倍以上十倍以下的罚款；没有猎获物的，并处一万元以上五万元以下的罚款；构成犯罪的，依法追究刑事责任。"我国较为常见的鹰类如苍鹰、雀鹰等，都属于国家重点保护动物，理论上都属于被禁止捕捉的行列。

可见，一方面，我国的政府有关部门已经对鹰猎文化进行了相关认可，其国家级非物质文化遗产地位的确立表明政府已经承认其较高的历史价值与文化价值。但是，另一方面，我国《野生动物保护法》又明确规定不允许猎捕鹰类等重点保护动物，违者将要承担相应的法律责任。此二者，已经产生了明显的冲突。在此矛盾之下，我们的鹰猎人，应当何去何从？

这一冲突其实早已被发现，只是至今仍未找到合理的解决方式。多数地区只能是在鹰猎影响较大的区域内，睁一只眼闭一只眼，故而鹰猎仍属于地方政府治理当中的一个灰色地带。而这样一个由官方政策与法律所共同创造的一个具有权威性的灰色地带的存在，本身就是一种无情的讽刺！

关于鹰猎文化的许多疑问，至今我尚未找到足以说服我自己的答案。

首先，鹰猎文化本身有着深厚的历史背景与文化内涵，这一点我们无可否认，政府将其列入非物质文化遗产名录，就已经表明了政府对其独特价值的认可。但也有人提出，尽管是老祖宗留下的智慧，但祖先流传下来的都是好的吗？如当年的裹小脚习俗、纳妾制度、青楼文化等，也是祖先的赠予，不都被抛弃了吗？因而，鹰猎是否也应当如这些文化一样，通过文字、图像、影片等方式进行记录、保存，但不可再继续传承呢？

其次，鹰猎文化与野生动物保护的理念，是一脉相承还是有所背离？在虔诚的鹰猎人眼中，鹰是神圣的象征，他们的鹰猎活动符合大自然的规律，并且通过合理健康的手段饲养鹰类，也是对我国野生动物的有效保护。这种原生态的保护，可能比科研机构、动物园的保护更加符合鹰的天性。但确实也有着不少投机分子以鹰猎为幌子，或者利用合法的鹰猎资格，从事非法捕猎、贩卖、杀害鹰类的活动。二者究竟孰占上风？鹰猎合法化究竟是鹰的噩梦还是鹰的福音？目前似乎没有人能够给出使人信服的答案。

最后，《非物质文化遗产法》对鹰猎文化的认可与《野生动物保护法》对鹰类动物的保护之间的矛盾，应当如何协调？在我看来，这也是目前最需要关注的问题。《非物质文化遗产法》鼓励对鹰猎文化的传承与发展，还为其提供了必要的资金支持与政策援助，但鹰猎文化在传承的过程中，与《野生动物保护法》又存在着或多或少的冲突，至少是游走在法律的边缘，严重的也有可能触碰刑事红线。鹰猎“守艺人”，究竟应该去向何方？倘若真的有一天，刑事判决书摆在鹰猎“守艺人”的面前，他们除了坐以待毙，是否有更好的出路？

这些只是我临时迸发出来的思考，我没有答案，很多人也没有合适的答案。今天将这些分享与你，还是如之前所说，仅仅是为了一种思考、一种交流，或者是一种思路上的开拓。我在努力寻找这些答案，当然也希望能够从你身上得到一些答案，即使你也不知所措，把此类思考当作思维的拓展，也是大有裨益。

如果你有好的想法，期待我们日后的探讨！

顺祝近安！

一个理性的疯子

2017年2月24日

足球是圆的

与我一同激动的你：

世界上不缺少奇迹，而是缺少创造奇迹的你！今夜的巴塞罗那，每一个进球都令人血脉偾张，每一滴眼泪都对得起酣畅淋漓的相拥。当所有人都顺理成章地认为巨星陨落之际，奇迹却在理所当然的平静中爆发！巴塞罗那，书写了足球新的历史，对你的敬意，不仅仅来自你的球迷，更来自你的对手！

——对巴萨的敬意，也算作这封信的题记

今天凌晨的比赛，巴萨罗那6：1战胜巴黎圣日耳曼，从而总比分6：5得以晋级。时隔18年，诺坎普球场再次看到了奇迹的发生！

首回合的比赛中，巴黎圣日耳曼4：0横扫巴萨，这是一个足以令人震惊的比分。同为欧洲豪门俱乐部，况且巴萨总体实力略占上风，这样的一份答卷让很多球迷特别是巴萨的球迷难以接受。我虽然并不是这两支球队的球迷，但依然十分关注这种难得的高手对决。首回合比赛时，我有事未能看直播。昨晚，我便下定决心，次回合一定要好好看看。

我不能说清楚自己是带着何种期待来看这场比赛的。我并不是这两支球队的粉丝，他们谁胜谁负我也不在意。我只是想要看看，翱翔在宇宙之巅的巴萨，现在究竟是发生了什么？在即将开始的比赛中，巴萨将如何应对？巴黎圣日耳曼究竟能否守住自己的既得成果——这样一个在欧冠赛场上从未被翻盘过的巨大优势？

本来毫无期待，却变得期待很多。

准备好花生、啤酒，昨晚我早早就睡了。凌晨醒来后迷迷糊糊，而那时比赛已经进行了 5 分钟。我马上打开电脑，屏幕上巴萨对巴黎圣日耳曼 1 ∶ 0 的比分让我瞬间清醒了。而这个进球，就在刚刚过去的比赛开场第 3 分钟。

但一个进球又能如何？巴萨想要晋级，需要 5 个进球，前提还是巴黎圣日耳曼一球未进。因此，这第一个进球只能算是万里长征的第一步。但无论如何，这一步毕竟迈开了。我隐约也看到了这支宇宙队的斗志。

第 40 分钟，库尔扎瓦的一记乌龙球帮助巴萨扩大比分，10 分钟后内马尔制造点球，梅西主罚命中，3 ∶ 0 的比分让全场球迷狂欢，这意味着巴萨距离追平甚至翻盘越来越近，而巴黎圣日耳曼的球员则情绪紧张，节奏加快。我想，这时候的大巴黎球员，比巴萨的球员更加慌张，因为这迅猛的追击，绝对是他们始料未及的。这是他们上一回合轻松狂屠的巴萨吗？好似脱胎换骨一样。

而第 62 分钟，卡瓦尼接队友传球后，一脚抽射，将足球送进了巴萨的大门，获得了一个宝贵的客场进球。这个进球，意味着本场比赛不会再有加时赛的可能，巴萨若想取胜，必须再下三城。但此时，距离比赛结束只剩下半个小时。

那一幕，我记得很清楚。全场的巴萨球迷安静了、凝重了，而全场的巴黎圣日耳曼球迷沸腾了、疯狂了。这似乎已经告诉全世界，他们已经大半个身子进入了胜利者的殿堂。我还能清楚地记得卡瓦尼与全队的狂喜，镜头给足了这些欢呼球员，这一粒进球的庆祝，比之前的任何一次庆祝时间都长。巴萨心头的热火被浇灭了大半，而巴黎圣日耳曼的斗志重新被点燃。

似乎开始了一场新的比赛。

这样的比分持续到了第 88 分钟，一个我险些关掉电脑准备继续睡觉的时间，因为我已然不抱有任何的希望。尽管巴萨马上就要被淘汰，但今天，两支球队确实为全世界奉献了一场高水平的比赛！这一次的熬夜，是值得的。

可是，在我思绪万千并且稍稍有点走神的时候，第 88 分钟，巴萨进球了！略带困意的我揉了揉眼睛，仔细盯着屏幕看了一下，这是真的。我满满地吸了一口气，似乎看到了屏幕上，比分数字在不停地跳跃，我都已经看不清现在究竟是停留在了哪里。

我的眼睛再不敢离开屏幕。

而很快，裁判员公示伤停补时 4 分钟。4 分钟的时间里，巴萨若想获胜，必须再进两球。这可能吗？我不太敢回答，但我潜意识的回答是——似乎不太可能。

补时第 1 分钟，苏亚雷斯在禁区内的倒地以及裁判员迅速给出的点球，让所有人觉得这个决定整个比赛结局的机会来得太突然，场上的球员简直要炸开了锅，裁判的压力此刻比谁都大。但这就是判决！临危受命的内马尔将点球送入巴黎圣日耳曼的大门，屏幕上的比分又跳转为 5 ∶ 1。

此时的球场上，已经没有了球员，因为他们都已经变成了疯子。短短的 90 分钟，改变了所有人的世界。我的大脑已经是一片空白，而场上的这群疯子们，他们的大脑是什么样子？我觉得会比我的大脑更加空白。双方的目的是相似的，巴萨的球员拼命般地珍惜这最后的两分钟，珍惜每一秒。而巴黎圣日耳曼的球员恨不得时间马上结束，因为他们已经承受了太多太多。

时间一秒一秒地流逝，场上的这群疯子们正在透支着下辈子的力气，来踢这场比赛，因为双方都很清楚，失败对于他们，意味着什么。对于巴萨，如果获胜，这将是他们创造的欧冠史上最伟大的奇迹；而对于巴黎圣日耳曼，如此的告别必将会是他们的奇耻大辱。

然而，胜利的天平终究导向了巴萨。上帝在冥冥之中将球抱住，而后放在罗贝托的脚下，借他的脚，在乱军之中，在所有人几乎都已经认不得自己所处的世界之时，将足球悄悄送进了巴黎圣日耳曼的大门。此刻，是补时第 5 分钟。

此刻，我愣住了。

此刻，巴萨的队员在欢呼，在面对着宇宙呐喊。

此刻，巴黎圣日耳曼的队员，已然站不起来。

数秒之后，裁判员吹响了比赛结束的哨音。一切都结束了……

这就是奇迹。它在来临之前，不声不响；而在发生的那一刻，震惊寰宇！

我不知如何用语言来表达我当时的心情，我的心跳，我的瞠目结舌，我的惊叹与惋惜。巴黎圣日耳曼展现了他们的实力，他们本应该与巴萨对决。可惜，今天来的不是巴萨，而是一只宇宙狂魔。

是的，足球是圆的。

诺坎普球场是一个见证奇迹的地方。早在 18 年前，同样是在诺坎普球场，欧冠决赛上拜仁对战曼联。开场仅 6 分钟，拜仁便抢占先机，并一直将战果维持到比赛正场时间结束。当时的欧洲足联主席雷纳特·约翰森已经走下看台，准备为拜仁颁奖，并同情地安慰着曼联的球迷。而此时，拜仁的球迷已经做好了庆祝的准备，要为他们的勇士们奉上最崇高的敬意。

然而，在伤停补时的第 1 分钟和第 3 分钟，曼联有如神助，在最后的 3 分钟内两度攻破卡恩把守的大门，改写了比分，也改写了历史。拜仁的多名球员承受不住打击，已经彻底崩溃般地躺在了球场上，包括我最崇敬的门将，德国足球的象征——奥利弗·卡恩。当雷纳特·约翰森刚刚从通道走出时，看到了这个结果，他简直不敢相信自己的眼睛。而他那一句经典评价“输球的在跳舞，赢球的在痛哭”，也因此而伴随着这场诺坎普奇迹，永久定格在欧冠的历史之中。

是的，足球是圆的。

“足球是圆的”是联邦德国的国家队主教练赫贝格在1954年世界杯决赛上，联邦德国队战胜了冠军唾手可得的匈牙利队之后所说的一句话。这句话看似索然无味，却令人思绪万千、心潮澎湃。

在足球比赛的赛场上，一个小小的漏洞就有可能给对手送出一个进球的机会，而一个进球，就有可能改变两支球队的命运。足球是圆的，在它完全停下来之前，你永远无法知道它会停留在哪里。

只要有信心、有魄力，没有什么是不可能的，而那些所谓的不可能，多数时候都是信心不足、魄力不够的表现。这样的不可能，并非客观上的不可能，而一定是自己给自己预设好的不可能。这样的预设，往往就是为自己的胆怯与故步自封寻找的一个冠冕堂皇的借口。

我看足球赛，已经有好几年了。我觉得我是一个铁杆球迷，我的情绪都会因着我所喜欢的球队的胜负而变化，我会因自己看到一场激烈精彩的比赛而庆幸，也会因为一场大失水准的比赛而叫苦不迭。但我又像是一个“伪球迷”，因为直到现在，我也叫不全我所欣赏的拜仁慕尼黑队所有球员的名字，很多新兴球员我听过他们的名字，却认不出他们的脸。

但我觉得这样也挺好，我很少会为了某个球队或某个球员而看比赛，也没有赌球、竞猜的习惯，尽管我也有喜欢的球队，但我更渴望的是，能够看到最为纯粹的比赛。球员是谁、球队是谁并不重要，重要的是我能在足球赛场上，看到他们为了喜爱的足球时而欢呼，时而悲泣，时而狂奔不止，时而倒地不起，看到他们在足球的赛场上创造一个又一个奇迹，向所有人证明“足球是圆的”，这就够了。

我想，这才是最本质的足球吧！

啰哩啰唆地写了这么多，都不知道你是否有心思读下来，不过写到现在，我心头的激动依然没有消逝，还在回想着凌晨比赛的种种经过、粒粒进球。我也不知道与我从未谋面的你会不会也喜欢看球赛，如果是的话，那就太好了，我们可以一起喝啤酒、看足球，每进一球便豪迈地一饮而尽。如果不喜欢，也没什么，毕竟每个人都有不同的喜好。

不过，我倒是希望你能有一项喜欢的体育活动，即使我们不同。久而久之，你会发现，体育赛事会给你一份别样的美，这种美，可能是在其他的事情中，难以寻得的，也将会是令你难以割舍的。

等待自己内心的平静！

一个理性的疯子

2017 年 3 月 9 日

写在屁股上的未来

亲爱的素未谋面的你：

最近参加“天津市旅游条例修订”课题，无意中了解到了国家近年来正在推动的“厕所革命”，我对此很有兴趣，也有点自己的想法。

这是一个照顾脸的时代，也应该是一个照顾屁股的时代！

“令天下英雄豪杰到此俯首称臣，令世间贞烈女子进来宽衣解裙”，这应该是关于厕所的最有名的对联了吧！厕所对于每个人的重要性不言而喻，特别是在如今这个要脸的时代。一方面，厕所是人的刚需，一个毅力顽强的人，可以在饿的时候忍着不吃饭，却很难在内急时憋着不上厕所，正所谓“世间英雄好汉，宁可抛头颅洒热血，岂能被尿憋死？”另一方面，人对厕所有着更高的品质要求，厕所不仅要干净卫生、定时消毒杀菌，还应当美观、便捷。厕所维护的是市民的脸面，而厕所本身，也是一个城市、一个国家的脸面。这是一个看脸的时代，但看的不仅是人脸，还有城市的脸，国家的脸。

临汾，一座文明古城。太多的人因为“苏三离了洪洞县，将身来在大街前”而熟知临汾，却不知，临汾近年来拥有了一个比“苏三起解”更响亮的名片——临汾公厕。2008 年临汾市委在全省率先提出打造“方便之城”的先进民生理念，全面启动了标准化公厕工程。经过连续多年的建设，临汾市目前已有标准化厕所两百余座，其中包含数十座五星级、四星级厕所，政府每年为这些公厕需要支出至少300万元的管理费用。每一座厕所，都有独特的建设风格，有的像故宫，有的像城堡，有的像别墅，有的像图书馆，有的像城墙角楼。如果不是厕所正门的“公共卫生间”几个大字做提醒，这些高仿品很容易以假乱真。很快，临汾的豪华公厕引起了世界范围内的广泛关注。2010年，国家住房和城乡建设部授予临汾公厕“中国人居环境范例奖”；2011年11月，在第11届世界厕所峰会上，临汾公厕获两项“世界厕所设计大奖”；2012年12月，临汾公厕获联合国“迪拜国际最佳范例奖”，这也是中国在城市公厕领域获得的最高国际荣誉。获得这些荣誉，绝非临汾公厕建设的最初目的，也极少有城市会愿意去经营这样一笔“稳赔不赚”的买卖，但轰轰烈烈的临汾公厕革命，确确实实便利了临汾市民，践行了其“方便之城”的民生理念。

“方便每个人，满意一座城”“人生幸福路，健康第二门”“居者有其屋，便者得其所”“百姓有尊严，方便不掏钱”。临汾公厕门口的一副副对联也都是别有风韵。可以说，曾经的我，想要去临汾，看一看原汁原味的“苏三起解”；如今的我，想要去临汾，看一看这驰名中外的临汾公厕。

一座城市的文明与精神，往往存在于一些容易被忽视的地方。或许，公厕尚难以成为一座城市的现代化标志，但它绝对称得上一座城市的标签，甚至城市的文明与精神。

在中国，公厕问题由来已久，卫生性、便利性、人文性都被广泛讨论，但始终难以落到实处。数十年前，国家科技水平和经济水平有限，建设一批高水平的公共厕所是一件并不容易的事情。随之而来的，就是大街上“一厕难求”，随地大小便自然也就成了“一厕难求”的副产品。曾有人说这是国民素质低下的表现，实质上并非如此。如果周边几十米内就有公厕，试问有谁会选择随地大小便呢？这绝非主观的意愿，而应是客观的不能。

近些年来，政府越来越重视公厕问题，并且掀起了一场轰轰烈烈的“厕所革命”。在近年的各种号召与政策中，“厕所革命”并不起眼，但它切切实实地关乎社会中的每一个人，更体现了一座城市、一个国家的人文关怀。这不仅仅是一个“要面子”的时代，也是一个“管屁股”的时代！一个人在大街上，饿了可以忍，渴了可以忍，冷了、热了也都可以忍，但唯独想上厕所不能忍。从这个角度讲，公共厕所或许应该成为城市的刚需，而非城市的点缀。

多年以前，便有人大代表提议，要注重公厕问题，一是数量，二是质量。对于一座城市而言，根据人流量大小合理地规划公厕的数量与布局，是必要的。但同时，厕所的质量，也不容忽视。早些年的旱厕、老式水厕，曾经也是时代进步的象征，但随着时代的发展与人们精神需求的扩张，老式公厕已经难以满足广大市民的新需求，干净、卫生、便利的现代公厕便成了时代新主张。不收费、勤打扫、常消毒、有自来水，我们不能否认这会给政府带来一定的经济压力，但是，老百姓的需求与尊严、城市的文明与精神，绝对称得上这一点点的经济代价。

公厕的质量问题中，还包含着一个隐性的比例问题。一般情况下，公厕都是按照男女 1 ∶ 1 的比例进行建设。乍看上去，似乎没有问题，但实际上是不合理的。因为女性如厕的时间比男性要长，故而女厕所门口大排长龙、男厕所里空空荡荡的事情随处可见，个别时间段男厕所被征用为女厕所的现象也就不足为奇。可见，显性的公平之下却蕴含着隐性的不合理。目前有些城市在进行公共厕所的建设时，虽然没有扩大女厕的比例，但多数采取了类似火车上厕间独立、男女通用的设计方式，既保证了厕所的私密性，也在一定程度上缓解了比例不协调的问题。

尽管公共厕所在一座城市中，并不十分起眼，但它在很大程度上，反映了这座城市的人文态度。这是一个看脸的时代，也应该是一个看屁股的时代。一座城市、一个国家的未来，从不会写在市民的脸上，但往往会写在市民的屁股上，写在一座座公共厕所上！

一个理性的疯子

2017 年 4 月 2 日

副刊，是需要一种精神的

亲爱的你：

题河工校报

凸笔英华走江山，人生立命天地间。
经史子集三万卷，古今上下五千年。
勤慎公忠定基业，德智体美铸新篇。
岁月津媒睹风采，河工校报正扬鞭！

今天整理电脑资料，看到了之前副刊集体录制的《我们副刊的日子》，旋律刚刚响起，我便已经泪流满面，当初的很多画面瞬间就浮现在我的眼前。我曾与你聊过很多关于当班长的经历，那是一种难以忘却的情怀。今天，借此机会，想跟你再谈一谈关于副刊的经历，那也是我大学期间的一大财富。

我进入校报比同伴们稍微晚了两周，这还得感谢我的辅导员沈飞老师。入学之初，各个学生组织、社团都会在校园里开展激烈的纳新活动，号称“百团大战”。作为河北工业大学党委宣传部直属的学生组织，校报新闻中心也在操场上纳新。可惜的是，当时的我没太注意到这个组织，这也暗示当时的我对高校中的学生活动了解得还不太到位。后来，机缘巧合，沈老师看到了我写的一篇文章，可能觉得文笔还不错，就与我商量，想把我推荐到校报新闻中心。我欣然同意了。而这，也开启了我大学生涯中一段新的历程。

我对文字有一种莫名的喜好，平日里也有写作的习惯。因此，校报副刊部的本职工作于我而言，并不算是真正意义上的工作，更不用说是什么负担。得益于自身的这一优势，一年间我的文章数量应该是最多的了。同时也由于我的性格特点，我并不善于写抒情性的散文，而是以议论居多，这也使得我的文章在当时的投稿中，形成了比较鲜明的风格。可能也正是因为自身的这一优势，加之班长的工作经验，第二年，我有幸留任，成了副刊部的部长。

而当部长的这一年，过得着实不轻松。

没有规矩，不成方圆。制度与情感，都是维系一个组织的重要纽带，但制度是刚性的，情感是柔性的。依靠柔性的情感来维系一个组织的运行，在我看来，有着明显的危机。因为尽管依托情感来运行的组织会给成员带来温暖，会让组织的凝聚力更加强大，发挥冰冷的制度所欠缺的能量，但是多变的情感与更迭的人群，会给组织带来极大的不确定性。因此，任何一个组织想要走得更长远，就必须拥有一套完整的制度体系。这样的制度体系在一定程度上可能会影响成员之间的情感，毕竟制度的权威性不容许情感的触碰与破坏，但长远来看，一套完善的制度会为组织带来更强劲的动力与更坚固的根基，提高组织的工作效率，维系组织的长久稳定性，并且避免今后因人员更迭而造成的涣散与末路。

当时的副刊，就面临着这样的挑战，也可以说是我们为自己强加的一项挑战。我不太清楚之前的副刊是否曾经尝试过制订一套完整的、书面的副刊运行机制，但往届副刊的运行很顺畅，也有着很强的组织凝聚力，这与副刊本身的特点有着密切的关系。副刊本身的工作特点以及副刊成员的写作特点，要求成员们一定要有着充沛的人文社会情感，同时要打破思维定式，充分发挥成员个性，突破固有的种种局限。这种观点，或者说需求，与客观规范的制度建设可能存在着一定的冲突。

在正式开始规范化制度建设之前，我和其他几位部长也都有着同样的忧虑，并且我们内部在最初也未能达成共识，最大的担心就是新制度的建立有可能会遭到大家的反对，原本副刊主动、集结、融洽的内部环境有可能因新制度的出现而遭遇寒冬。这些担忧十分必要，也并不会因为副刊这个组织太小而导致这样的担忧没有相应的意义。但最终，部长内部的争论结果，便是下定决心，大刀阔斧地进行制度建设。即使有代价，也要坚定地将这条路走下去。

我刚才在努力地从电脑里搜索我们第一次制定出来的副刊规定，可惜没能找到，但大致内容我还记得，无非就是固定例会的时间地点、规范定期交稿问题和迟到问题、制定请假制度和必要的奖惩规范等等一些制度中的常见问题。这些规定是任何一个部门、任何一个组织所必须考虑的问题，毕竟规范化的运行是最重要的，但对于副刊这种本身对部员的自主性情感有极大依赖的组织而言，这些常规性的规定也有可能遇到极大的阻力。

不出所料，当这一份简单的初步性的规定到达大家手中的时候，副刊瞬间就热闹了，在初期的推行过程中，也遇到了很大的阻力。这股力量，和我们当初预想的一样，反对的理由也所差无几。这样的代价与阻力，应该说，还在我的预期范围之内，因此我并没有过多的焦虑。但是，而后不久，几位部员出于种种原因离开副刊的情况，令我始料未及，这一代价在当时对我产生了巨大的冲击，也迫使我们必须去重新审视这一份看上去简简单单的制度规定。

这一张写满黑字的白纸，竟是两股力量的强烈碰撞！

在我看来，我并没有觉得大家的反对不合理，我也没有觉得这样的一次制度变革是多么正确。只是从长远的角度看，特别是从组织的建设来看，一份制度必不可少。大家彼此之间的感情很好，做事情有主动性，这是副刊引以为傲的地方。但这样的情感，没有人能够保证它会持续到什么时候，也没有人能够保证今后的几届是否都会毫无阻碍地运行着。制度化建设并非为了反对情感的沟通，反而是为了让大家的情感在一个长久的机制中发展。退一步说，制度就是为感情的崩溃提供一种保障，这也是副刊不至于散架的基本保障。

我也曾做过猜想，这种强烈的碰撞可能与副刊制度在固有环境中的横空出世有着密切的关系。如果在纳新之前，我们几位部长就明确这些制度，并且在与大家初次见面之时就详细说明，可能就不会有如今的后果。而正是这种已然存在的情感纽带与情感需求，形成了对新制度推行的阻挠。

当然，这些只是一种假设。也有可能制度推行的阻力并不是制度本身，而是我们在推行时的操作不当，或者前期工作不到位。但不管怎样，副刊的制度建设就这样艰难而又代价颇大地走出了第一步。时至今日，我和其他几位部长也经常会想当初的这件事情，我们也没有得出究竟是谁对谁错的结论。或许，这还需要今后更多的经验来帮助我们对过去做出更加深入细致的评判。

制度化的建设，是万里长征的第一步。而后来副刊创新性的建设，才是更有挑战性的征途。

法国首都巴黎的市中心，有一座纪念法兰西伟人的圣殿——先贤祠。它不是一个普通的纪念馆，而是一座象征法兰西灵魂的神圣墓地。

至今，已有七十二人享有安睡在先贤祠的殊荣。有的是在刚刚逝世之后便安葬在这里，也有的是在逝世百余年后，灵柩才被转移到这里。栖身于先贤祠的条件非常苛刻，有的人为法兰西的崛起与发展贡献了自己的一生，他们是法国最有力的象征，比如说维克多·雨果、伏尔泰、卢梭；有的人身份卑微，但是他们的名字也永远留在了先贤祠，比如一战、二战为法兰西民族捐躯的烈士们。

能够取得安葬在先贤祠的资格的法兰西勇士们，他们所留给法国、留给世界的，不仅仅是美，不仅仅是享受，而是一种思想，一种代表法兰西民族不畏强权、争取自由的精神，他们都是能够撑起整个法国的顶梁柱。他们所释放的，是一种唤醒人们内心深处勇敢战斗精神的力量，是法国最高傲的灵魂。因此，先贤祠是精神的圣地，而不仅仅是艺术的殿堂。

对于一个追求浪漫、追求艺术享受的法国，先贤祠绝对是一个绝无仅有的存在。多位法国总统选择去先贤祠参拜，因为这个先贤祠早已成为法国的精神象征，这个地方已经被赋予了震古烁今的含义——法兰西灵魂！

精神的力量是无穷的，一个人如果没有了灵魂，那么他就是一具行尸走肉，对于这个世界没有半点价值。精神，也是人之所以为人的象征，如果人失去了灵魂，也就失去了做人的根本。

对于副刊来说，也是如此。

曾有一位新闻人讲过这样一句评价：“新闻是报纸的灵魂，副刊是报纸的面孔，报纸耐不耐看主要在副刊。”这句话说得有一定道理，但我并不十分认可。在我看来，应该换一种理解方式，那就是“新闻是报纸灵魂的正面脸孔，而副刊是报纸灵魂的内在精神”。报纸会不会被人看，关键在新闻；而报纸值不值得人看，关键在副刊。

有什么样的社会，就有什么样的副刊。通常情况下，报纸最重要的版面有两个，一个是新闻版，一个是副刊版。自报纸问世以来，这两个版面就承担着各自的职能，那就是新闻版面抢写社会各大热点，拼抢首发性，而副刊则更多的是文章品评、抒情论事，而且随着社会的发展，副刊的形式也有了更多的变化，比如影评、微小说等。也可以说，新闻版面在写新闻，副刊版面在挖新闻，挖社会的思想动态，挖国民的精神现状，挖世界的未来方向。如果副刊起不到这样的作用，那么副刊也就失去了存在的意义。

每一次副刊的例会当中，特别是集中讨论稿件的例会中，我都会拼命地强调，写议论文，写自己最真实的感触。而这最主要的原因，就在于精神，就在于灵魂。人活着，是需要精神、需要灵魂的。如果副刊的人没有了精神，那么副刊也就没有了精神；如果副刊的人没有了精神，那么校报也就没有了精神。一个没有精神的校报，是不会有人愿意看的，甚至我们自己，可能都没有了继续做报纸的欲望。而为了让我们的报纸有一个更广阔的未来，我们就需要写出更多真正属于副刊的东西来。

大家平时总是苦于写不出思想，或者说是想不出来。这些东西我们并不能急于求成地去勉强什么，罗马并非一日建成，人的思考力也不是一天两天就可以培养出来，这需要我们在平日里就养成思考的习惯，让自己的全身充满更多的正能量。而不是仅仅生存于个人情绪的小圈子里，总是被一些感花伤水的事情困扰着。如果副刊总是这样的情绪，那么副刊就没有了被人欣赏的价值；如果副刊的精神就此形成，那么校报无疑走上了一条不归路。

现代媒体发展很快，特别是新媒体的出现，让各种信息变得快餐化，报纸的处境也越来越危险，报纸所受的冲击也越来越大。在这样的环境里，大家获取信息时，对于新媒体的依赖愈加明显，报纸作为一个信息传播的平台，作用已经显得不似当年。这是所有媒体人不得不面对的一个事实。但值得庆幸的是，报纸不会消失，至少在相当长的一段时间里，它还有着很多存在的价值，作为人类文化的一种记忆，用它自己的方式来向社会公众传递着它的能量。面对当下局面，当报纸信息的竞争力明显下降的时候，副刊是不是就应该用它独有的方式撑起报纸的那半边天呢？

毋庸置疑！

身负如此重任，但副刊做的，还远远不够。

副刊在报纸上是“副”，但是在思想上，一定要是最“正”的。就社会整体来看，副刊处于一个尴尬的境地——有为则有位，无为则无位。一方面是由于人们接受信息的方式产生了重大的变化，另一方面，也是我认为最主要的方面，是副刊的作用已经在自己的堕落中有所退化。副刊是报纸传播思想的主阵地，因为新闻是客观的，不可以也不应该带有主观色彩，而且新闻哪一家报纸都可以去做，尽管有时效性的竞争，但是对于报纸来说，时效性已经决定不了什么，毕竟报纸的速度已经慢于新媒体，所以，对于受众来说，从哪一家报纸上看新闻，并没有太大的区别，除非新闻稿写得风格十足、意涵丰富，在新闻报道的基础上形成新闻评论。但这对于大学生来说，是一件非常困难的事情。但是，对于高校的副刊，不是这样。高校副刊的内容具有很强的灵活性，想写什么就写什么，很容易体现出一家媒体自身的思想，也能够展现媒体的风格。这也是副刊最需要做的事情。

乔布斯曾经这样谈起过他的理念：“现在，很多人并不知道他们需要什么。而苹果公司的任务，就是用我们的努力，让人们知道，他们需要的是什么。”副刊也是如此。很多人并不知道为什么要看报纸，要看怎样的报纸，要看哪一家报纸。因此，我们需要做的，就是用我们的笔，让他们知道，他们需要的是什么。

要想做到这些，还是要靠思想，靠的是副刊最独特的精神。

先贤祠里有这样一件有趣的事，卢梭和伏尔泰的安葬地是紧挨着的。这两个生前的死对头，活着的时候吵了一辈子，到了另一个世界，两个人还得吵。这是法国人民故意的安排吗？我们不太清楚，但我觉得是。法国能发展成为世界上最伟大的国家之一，靠的就是精神。这种精神，不是一种，而是多种的碰撞，是法兰西过去、现在以及未来永远不变的支柱与动力。卢梭与伏尔泰争论不休，他们的观点都无所谓对错，也可说是都对，只不过依赖不同的方式而对社会做出不同的激励。所以，法国人民感激他们，永远地纪念他们。而那些艺术家们，他们也为法国做出了重大的贡献，但是，他们的贡献，像散文，是法兰西的外衣，华美、高贵；可这些精神上的战士们，是法兰西的刀枪战马，是民族生长真正的根。

副刊也需要这样的人，需要这样独特的精神，需要这样激烈碰撞的精神。我们需要的不仅仅是华丽的外衣，因为我们已经不再需要考虑我们的文笔，而且在文笔方面，任何一家媒体都没有自己真正的优势。所以，副刊拼的是精神，拼的是思想，拼的是有思想的校报人。只有树立起我们的精神，副刊才会有更好的前景，也才有更强大的动力。

为了帮助副刊树立起这样的精神，我们大刀阔斧地在制度化建设之后，开始了副刊的创新性建设。但创新二字，说起来容易，做起来十分困难。究竟什么是创新？怎么做才是创新的做法？创新应该达到什么样的效果？特别是对于副刊这个靠写文章来立足的部门，怎样创新？

多年来，副刊的一个弊病就是，文章太空泛，缺乏可读性。抒情性散文千篇一律，所表达的情感无非就是学生时代的小情绪，言之无物，读完之后也不知道文章究竟讲了些什么。这是副刊的通病，也不仅仅是副刊的通病。文人自古多风骚，爱写文章的人，感性居多，情感复杂，因而会选择通过文字来表达内心的情感。我当初也是这方面的典型，特别是高中时期，很多同学把我的作文当成反面典型。后来多亏了宋英民老师和武晖老师的极力拯救，才把我从悬崖边拉了回来。现在想来，这未必是错的，反而体现了文字的魔力。这样的文章也绝非十恶不赦，有其独特的欣赏价值。但如果看得过多、写得过多，却有可能限制自身情绪的发散与思维视野的拓展，很容易把自己归入一个小圈子里，难以走出。

有鉴于此，在与副刊的老师们商量后，我们痛下决定，抒情性散文在副刊版面中，原则上不予接受，除非质量极高。这一项决定，自然也引起了大家一定程度的抵触，但是此次抵触不算太强烈，毕竟作为副刊的成员，经历了多次的审稿之后，大家也能明白这一决定的原因与目的。因此尽管最初稍有无所适从，但后来渐渐地也就适应了，而且还取得了不错的效果。

秉持着“打造一个全新的副刊”的理念，我们在副刊的工作当中，采取了几项全新的措施，比较典型的有：

一、鼓励议论文写作。如之前提到的，副刊的一大弊病就是抒情性散文过多，导致言之无物，缺乏可读性。为此，副刊最需要的，便是减少空乏的抒情，写出一些实实在在的内容。鼓励议论文，是一个导向，但不仅限于议论文，诗歌、小说等都在鼓励之列。总之，言之有物是最基本的要求，也是最迫切的要求。

二、话题讨论。对副刊成员进行分组，一般是两人一组，每次例会由两名同学抛出话题并进行解读，之后全体与会同学共同探讨，并且鼓励进行争论与极端性的思考。正如之前所说，不同领域的思维碰撞往往更容易产生创造性的思维火花。副刊的成员来自不同的学院，有着不同的学科专业背景。因此，这样的讨论也就更加有意义，更加具有期待性。

三、建立副刊图书馆。这个计划确实很大，操作起来不算麻烦，但是效果不太好预测。初步的操作是，收集整理每一位副刊成员手中的课外书的名称，汇总到一起，发给每一位同学，鼓励同学之间相互借书。这个方式的好处就是在互相借阅的过程中，同学们可以有更深入的交流，这一点是在图书馆借书所比不来的。

四、创作副刊的歌曲。由同学们合作，对歌曲进行重新填词，一起演唱并且录制下来。这算是副刊文化的一种体现，也会是将来大家的一种怀念。歌名就叫《我们副刊的日子》，由《北京东路的日子》改编而成，歌词我也附在了信的末尾。由于种种原因，录制的效果不佳，但我很满意，曾经简直不知道单曲循环了多少遍。

五、编制副刊文集。副刊是由文字凝聚到一起的，文字也是副刊永久的怀念。一年的时间里，每一位副刊的同学都会有20篇左右的文章，汇集起来，就是副刊自己的书。这样的书不太适合出版，但它却是副刊的足迹，也是每一位副刊成员共同的回忆。多年之后，当年的老副刊们或许已经天各一方，但当大家拿出这本副刊文集，听着《我们副刊的日子》时，必会回忆起当年的日子，为曾经的激情与努力而洒下热泪。

其他的措施，还有不少，只是有的零碎，有的未实施。但目的是一样的，那就是通过种种新方式，拓展大家的思维，在制度化的基础上凝聚情感，进而打造一个全新的副刊。这些措施的效果如何，作为当局者，我不好做评价。但我可以肯定的是，这一届的副刊，是一个全新的副刊，是一个敢于尝试、敢于挑战的副刊。有勇气和毅力去做别人不敢、不想、不能做的事情，这样的副刊，就是最成功的。

我喜欢交朋友，我交朋友很看重一点，那就是这个人的身上，有没有值得我欣赏的地方。比如说他的爱好、他的习惯、他的特长、他的思想。明朝有一个叫作张岱的文学家，他交朋友有一个特点，就是这个人一定要有癖好。我很认可。因为一个有癖好的人，一定是一个有精神的人，一个有精神的人，一定是值得学习、值得交往的人。

因为，人是需要一种精神的。

副刊，也是需要一种精神的。

闲聊至此，顺祝春安！

附：

我们副刊的日子
——改编自《北京东路的日子》

开始的开始　我们都是孩子
最后的最后　渴望变成天使
歌谣的歌谣　藏着童话的影子
孩子的孩子　该要飞往哪儿去

开始的开始　我们都是孩子
最后的最后　渴望变成天使
歌谣的歌谣　藏着童话的影子
孩子的孩子　该要飞往哪儿去

某一天　当我看见　那些影印在报刊上的鲜艳
某一天　当我遇见　文字的后面躲着的笑脸
让时间　轻轻转　这首歌会流进每一个心田
让副刊再眷恋　这文字却是我们心中单纯真挚的情感
表示话剧一次次的排练　摔得确实挺惨
表示码着稿子熬到深夜　没有买保险
有时散文议论都写不出　还要偷个懒
坐在八号楼上的咖啡店里　还点了杯遇见
我们翻开相册P一张图　看着部长无奈的黑脸
采访之前　看着大妈　感觉挺危险
乘地铁回来的时候　别坐到刘园
各种莫名的感受　只说句　大爱副刊

那时候　当我看见　那些影印在报刊上的鲜艳
那时候　当我遇见　文字的后面躲着的笑脸
表示话剧一次次的排练　摔得确实挺惨
表示码着稿子熬到深夜　没有买保险
有时散文议论都写不出　还要偷个懒
坐在八号楼上的咖啡店里　还点了杯遇见
我们没有下限　组团浪在校里校外不同地点
瞥见逗比的披风　我总想说你舍得杀我吗
和尚敏妹青书哥哥　无忌你造吗
捡起掉在路边他的节操　又想起
我们副刊的日子

开始的开始　我们都是孩子
最后的最后　渴望变成天使
歌谣的歌谣　藏着童话的影子
孩子的孩子　该要飞往哪儿去

一个理性的疯子

2017 年 4 月 6 日

中式魔幻

亲爱的你：

今天很累很累，在外面折腾了一整天。本想着回来之后就赶紧蒙头睡上一觉，可估计是五点左右喝了一杯浓咖啡的缘故，躺下后却久久睡不着。手头还有一堆没做完的任务，后来也没心思做了。百无聊赖，就起来看了一部电影，袁和平导演于1982年上映的《奇门遁甲》。看完之后，更想把感受说一下。

当初不知在哪里看到的评价，说“中国拍不出好看的玄幻电影”。这话确实引人深思。近些年来，在中国的电影市场上，似乎没有什么除了票房之外还能让人印象深刻的玄幻电影了。当然，我不懂电影，甚至都说不好什么才算是“玄幻电影”。我只是凭借我个人的一点点感知，觉得带有各种类型超能力或玄妙色彩的电影，都是我认知范围内的玄幻电影。所以，在我的定义中，科幻类、恐怖类，可能都算是玄幻电影。

但之前所提到的这句评价，似乎过于绝对。个人认为，《奇门遁甲》这一部电影就足以将这句评价打击得粉身碎骨。

奇门遁甲是中国传统的术数学，对于这类文化进行优劣评价，不太容易。不能否认，奇门遁甲具有明显的迷信色彩，在现代社会当中的实用性也受到了很大程度的挑战。但奇门遁甲绝对称得上中华传统文化精深玄妙的重要象征，是古老的祖先们在历史发展的长河中不断总结出来的各种经验，包括天文、地理、军事、物理、化学等，并且在不断发展的过程中，一代又一代的先祖们对其进行总结并完善，其中的很多内容如今也能够运用现代科学技术手段来验证其科学性。总之，对于以奇门遁甲为代表的传统术数玄学，我们应该有更全面的认知。

电影《奇门遁甲》上映于1982年，距今已经有35个年头。但这部80后影片，在中国玄幻电影中占有着重要的地位，在我个人眼中，说其达到顶峰也不为过。电影情节很简单，主人公树根在奇门、遁甲师兄妹的帮助下，成功消灭蝙蝠法师，夺得了五雷天师令，这也是中国传统武侠电影中的常见主题。但这部电影与传统武侠电影最大的不同之处就在于，《奇门遁甲》不仅展现了中华武术的精髓，这也是袁和平导演的看家绝技，更重要的是在武侠元素中融入了奇门遁甲的道术，诸如遁地、飞行、隐身、求雨、隔空打物以及隔空点穴等，这也使得这部电影成为早年间为数不多的武侠玄幻电影之一。

这种玄幻与如今很多玄幻电影的"玄幻"有着明显的区别。说起玄幻电影，美国大片应该是大家最先想到的，但是美国大片中的玄幻缺乏一定的文化根基，观众在看的时候就已经陷入了一种预定的思维，就是这种玄幻虽极具想象力，也具有相当的科学依据，但离我们的现实生活有些遥远。而《奇门遁甲》所展现的玄幻，非但不会拉大玄幻与现实之间的差距，反而会让观众感受到诸多生活气息。原因就在于传统的奇门遁甲在当今人们的心中仍有着较高的地位，其玄妙色彩观众即使不相信，但也不敢轻易否认。当然，这也与日常生活有着极大的关联，因为奇门遁甲中的求雨、点穴、隔空打物、飞檐走壁等，在现实生活中亦经常能看到。比如求雨，当今很多偏远地区的庙会，也都保留着求雨的功能，很多时候求雨是有效的，但这效果并非求雨中的法术起了作用，而是求雨中的某些程式发挥了客观的物理作用。

只是由于人们对这些物理现象缺乏认知，才会觉得是求雨的诚心感动天地，从而得到了盼望已久的雨水。再如点穴，穴位是中医里的重要元素之一，世界非物质文化遗产针灸也正是以穴位为依托，这也让很多人特别是不懂中医的人对穴位充满好奇，也难以从内心深处排除穴位具有定身、致死、发笑等功能的可能。飞檐走壁就更不用说了，中国武术中出现频率最高的名词之一，网上也能搜到相关视频，武当派的轻功高手们足以在十米高的城墙上起落盘旋、游刃有余。

将现实玄幻化的同时，又将玄幻现实化，在我看来，这便是《奇门遁甲》的成功之处。影片通过奇门遁甲中大家最常见的法术和道学原理，让生活中的常见形象变得生动而颇具想象力，同时也兼顾了想象与现实之间的距离，真正做到了现实与玄幻的完美结合。从这个角度看，这部影片与《西游记》《封神演义》等传统影片的区别，可能也就在于影片中的玄幻元素与现实生活的距离。当然，这两种表现方式无所谓孰优孰劣，仅仅是手段的不同而已。

说到这里，我不由自主地就想到了另外一个人，那就是已经去世整整二十周年的国产僵尸片鼻祖——林正英。问起80后、90后，林正英绝对是无人不知、无人不晓。在那一年代，林正英在电影界，可以说与李小龙不相伯仲，以至于如今的人们一提到中国武术，就想起李小龙，而一提起僵尸片，就必然想起林正英。我小的时候，经常和表哥们一起看林正英的僵尸片，晚上有没有做过噩梦我不太记得了，但刚开始时有些害怕，特别是僵尸出场的时候。不过看过几部之后就好一些，因为知道这些僵尸最终一定会被镇住。而且在看僵尸的恐怖之余，更多地关注了影片中几位顽徒的喜剧表现以及林正英的捉鬼法术，慢慢也跟着林师傅一起喊着“天灵灵、地灵灵”“急急如律令”等降妖除魔的经典口号，回想起来也是饶有趣味。林正英之所以能够成为僵尸片的象征，并不仅仅是在恐怖的僵尸片中融入喜剧元素，也不是因为拍片数量大，而是因为他在每一部影片中都融入了中国传统的降妖除魔体系，利用很多古老的道具将降妖除魔的完整流程展现出来，形成了个人的鲜明风格，这也构成了其影片的体系与核心。他所使用的道具，也并非什么高深莫测的法宝，而是最常见的黑狗血、八卦牌、木剑、灵符、刀等，这些道具在如今很多宗教性的购物市场上随处可见，甚至有的家里还会挂着八卦牌、木剑等，以达到镇宅保平安的目的。

可见，林正英的僵尸系列与《奇门遁甲》的相似之处，都在于将现实玄幻化的同时，又将玄幻现实化。在中国的文化中，僵尸并不是什么新鲜的事物，无非就是些僵硬不腐的尸体，多数还是身穿袍服的清代官员（究竟是这一僵尸形象影响了林正英，还是林正英的僵尸片影响了人们观念中的僵尸形象，我也说不太清，可能是一种相互的作用），但僵尸的恐怖色彩不言而喻。林正英抓住了僵尸的这一观念形象，打造了自成体系的捉鬼之术，将现实与玄幻完美地进行了结合，从而达到了僵尸片的顶峰，并且成为僵尸片的象征。可以说，林正英之后，中国再无僵尸片，世界再无僵尸片！

可惜，如此的一代鬼才，却在 1997 年 11 月 8 日，因肝癌而不幸逝世，年仅 45 岁。林正英之后，中国的导演们也极少敢于触碰僵尸片，毕竟想要超越林正英设下的高度，突破林正英的风格印象，真是一件太不容易的事情。

此次将标题定为了“中式魔幻”，这是我前段时间在网上看到的一个词，但它似乎也没有一个完整的定义。要我说，也不必做什么学术性太强的定义，这个词语明显与“西式魔幻”相对应。西式魔幻主要展现了现代科技的力量以及对未来世界的探索，个人看来，中国电影在这方面确实没有什么拿得出手的作品。相对而言，中式魔幻的作品是世界范围内绝无仅有的，就像《奇门遁甲》、林正英的僵尸系列，这些以精深绝妙的中国传统文化为载体的玄幻电影，将玄幻与现实紧密结合在一起，拉近了观众与玄幻色彩的距离，妙不可言。都说中国的电影缺乏想象力，拍不出好看的玄幻片，这与中国过于注重国际化的因素有关。但是，在注重国际化的同时，也应该回头看看过去。中国的传统，不仅仅有厚重的历史，还有着诸多玄妙的想象力，这将是中式魔幻最大的资源宝库，也是西式魔幻难以逾越的文化高度。

写到现在，灯光微弱，眼睛都有点干涩了。最后还是想推荐给你《奇门遁甲》、林正英僵尸系列等中式魔幻的电影，它们值得仔细品味，也值得进行更加深入的讨论。当然，在你的年代与世界里，可能又有新的中式魔幻电影的出现，它们会为中式魔幻创造一个新的高度吗？

我很是期待！

晚安！

祝好！

一个理性的疯子

2017 年 4 月 18 日

事业与兴趣

亲爱的素未谋面的自己：

今天与朋友聊天的时候，又碰到了这个老生常谈的话题：事业与兴趣的关系。借此机会，我也想跟你聊一聊。因为我觉得，在人生的成长过程中，认清自己的事业与兴趣，是一件非常重要的事情。

在我看来，事业更多地体现为“应为”，而兴趣更多地体现为“可为”。事业处于现实的层面，其中蕴含着个人生存的需求、维持家庭的需要、单位同事的团队期待以及个人价值的实现等因素，因而算在“先做该做的”这一范畴之内。兴趣处于理想的层面，其中蕴含着个人身心的愉悦、对好奇心的满足、结交志同道合的朋友等因素，因而算在“再做想做的”这一范畴之内。当然，我所说的这些蕴含因素，并非绝对的，而是相对更多，或者说是理论上会更多，而且也会因人而异。但总体而言，多数人的表现符合这一规律。

事业与兴趣的内涵和外延有着很大的不同，这一点可想而知。但二者的差异，并不意味着二者的对立。生活中，有很多人的事业与兴趣是重合的，这样的人是幸福的。在工作当中，这些人的效率往往会比较高、劲头也很足，因为他们所做的事情，正是他们的所爱，也是其不懈的追求，因此工作的过程也是陶冶自身性情的过程。这种境界的出现，往往源于以下几种情形。

第一种，以兴趣为基础，选择自己的事业。这样的人极少，因为当今社会，多数人在 18 岁前后步入大学，选择所学专业，这在很大程度上影响着人的事业方向。而入学之前的学生们，对于兴趣的理解并不深刻，可能脑袋一热就觉得自己喜欢，但实际上并不能长久地坚持下去。因此，很多人的选择很随性，令当初的自己很满意，但学着学着，就慢慢发觉自己当初的选择可能并不是那么合适。并且，在专业招生定额、高就业率专业热门的情况下，不少同学都面临着被调剂的命运。上大学的人如此，而不上大学的人，或许在比 18 岁更早的年纪就要出来打工就业，他们在事业与兴趣的抉择上，压力更大。可见，在最初就做到事业与兴趣的结合，并非易事。那些能做到的人，应该算是幸运儿。

第二种，将事业发展为兴趣，也就是我们通常所说的“干一行爱一行”。这样的人，活得比较明白。我也经常听朋友们说起类似的事情，在上大学之前，想当医生、想当公务员，而后来却当了律师、当了老师，甚至更细致的，有的想当物理老师，却阴错阳差地当了语文老师；有的想当刑事律师，后来却成了民事律师。这样的情形，生活之中大为常见。他们或许会在工作之初，产生各种各样的抱怨，但是聪明的人，总有一双发现美的眼睛。他们能够在工作的过程中，不断感受到其所从事行业的乐趣，并细细品味、反复把玩，最终发现其中的妙处，渐渐地也就“移情别恋”。

第三种，将兴趣发展为事业，也就是我们通常所说的“爱一行干一行”。这样的人往往具有很强的创造性，敢于向生活发出挑战。在工作期间，他们发现自己并不喜欢自己的事业或者专业，同时又发现自己的兴趣有着广阔的事业情景，能够为自己提供一个更光明的未来，于是便下定决心，“投笔从戎”。这样的选择具有风险，因为任何一次转行，都意味着一次全新的开始，也意味着与过去所从事行业的一定程度上的诀别，有可能丢掉当初费尽心思才得到的铁饭碗。但这样的跳跃，一旦成功，将有着数倍的回报，而且是事业与兴趣的双重回报。

事业与兴趣还有一个区别：事业往往具有单一性，人在同一时点上多数只有一个事业，能力出众的人可能还有一个副业；但兴趣具有多元性，每个人都可以有多种兴趣，比如文学、历史、体育、烹饪等，除了同样需要时间和精力的投入之外，这些兴趣彼此之间似乎没有其他的不相容之处。因此，在事业与兴趣结合之后，每个人可能还会有其他的兴趣。这些兴趣应该保留下来，我不太建议轻易地将它们丢掉。因为任何一个兴趣，只要它与事业相结合，就不可避免地呈现出其枯燥的一面，这是每个人在事业发展当中都难以回避的问题。这种情况下，其他的兴趣就能发挥很好的调节情绪的作用。广泛的兴趣也会让生活丰富多彩，漫长的人生也不会太单调。在此基础上，人的整个生活状态都会有一个质的提升。

但在广泛培养兴趣之时，依我之见，一定要明确自己的事业与兴趣，平衡两者之间的关系。事业不是一个人的事情，它关涉家人、同事、朋友等很多人，因而属于“先做该做的”；而兴趣主要是个人的范畴，是个人性情的陶冶，因而属于“再做想做的”。这个顺序非常重要，同时这也决定着人在事业上投入的时间和精力应该更多，在兴趣上投入的时间和精力应该相对较少，这才符合二者的“主次地位”。如果颠倒了二者的关系，有可能走入“玩物丧志”的结局。

若既想“玩物”，又不想“丧志”，我建议你大胆地突破自己，因为你“玩物”的兴趣会给你一片更美好的天空，这也是你结合兴趣与事业的最好时机。但是，当你成功跨界，走入新的事业之后，又会面临新的“玩物丧志”的问题。我不能否认你可能发现了更适合自己的领域，年轻时期的多次跳槽其实是一个开阔视野、积累经验的不错选择。但你我也都应该思考一下，这些跳槽，是真的在寻找事业与兴趣的结合点，还是在为自己的心浮气躁寻找冠冕堂皇的理由。若是后者，我确实希望你可以重新审视一下自己。

尚在事业与兴趣的道路上奔波的我，跟你谈的这些，多多少少有一种“未经实践充分检验的理论”的感觉。不过，这只是我的一点点思考，不排除多年之后我的想法也会有所转变的可能。但如今的想法，仅仅当作一种理想的追求和对你我共同的勉励，即使这样的理论在将来的实践中一败涂地而沦为历史的借鉴，也不枉它今日现身的意义。

顺祝近祺！

一个理性的疯子

2017 年 4 月 22 日

自省是一条漫长的路

亲爱的你：

最近整理自己以前写的东西，看到了这篇文章，想起了当初的很多人、许多事。

2014 年暑假，我代表河北工业大学参加了河北省教育厅主办的“中国梦·学子行”夏令营活动，在这个活动中，我也认识了很多才华横溢、各有特色的新伙伴。活动结束后，每一位同学都需要写一篇关于本次活动的感想，我所写的，便是这一篇。

今日重温这篇文章，又想起了当初发生的许多事情。时间有限，也就不与你谈太多，在此将原文分享与你，愿你我共勉。

自省是一条漫长的路

很多时候，我并不明白究竟什么才算是真正意义上的自省。

中国有句古话：“见贤思齐焉，见不贤而内自省也。”这说明自省自古以来就是中华民族进行自我道德修养的方法。按照我们通常的理解，自省就是自我评价、自我反省、自我教育，知道自己有哪些长处、哪些短处，从而发扬优点、改正缺点。但在我看来，或许这只是表面的一层。

知道自己有哪些缺点不难，知道如何纠正这些缺点也不难，难的是既然知道如何纠正，而为什么还没有纠正。知道自己有哪些优点不难，知道如何发扬这些优点也不难，难的是既然知道如何发扬，为什么总有各种各样的遗憾。因此，我所理解的自省就是：不是发现自己的优点和缺点，而是省察是否曾经发现过自己的优缺点。

如果曾经没有发现，那么现在发现了，这不算自省，只能算是“自醒”。建立在自醒基础上的行与否，才是我们自省的内容，才是自省的意义。只是认识，并不能说明什么，认识的再多，也只是徒劳而返。著名教育家陶行知先生强调一定要把“行”放到“知”的前面，说的就是这个道理。

我记得蔡老师在开营仪式上说的一句话：“全省一共有一百万名大学生，而我们这十五个人是这一百万分之十五”，这样的概率足够小了，这也说明在场十五名大学生都是很优秀的。如此优秀的大学生，要是说不知道自己的优点和缺点是什么，不知道怎么去发扬、去改正，个人觉得是一件不太可能的事情。然而我们每个人身上依然存在种种问题，主要还是因为我们在需要解决的问题上想得不够细致、周到，以至于很多事情做起来会超乎我们想象的困难。所谓的自省就是要在这些地方下功夫，把该做的事情做到、做好，这很重要。

杨占岭老师给我的短信里，一句“做有意义的事”点透一切。我们总会发现自己身上有各种各样的问题，也总会想方设法去解决，但是最终，很多时候我们并无法得到我们想要的结果，究其原因，往往是我们的努力没有做到点子上。在别人看来，本来就是一句话的事情，让我们做起来或许需要一个小时，甚至一天。有的是因为能力不够，也有的，是能力够了，但是由于自身在某些相关方面存在不足，结果就磨磨叽叽没完没了，最后想必不需多说。而问题的关键就在于，我们能不能说出那句话，这其实正是杨老师讲的“有意义的事”。

人们常说“人的亲密度往往取决于暴露自己隐私的程度”，但我看来，这句话更好的说法应该是“人的亲密度往往取决于暴露自己缺点的程度”。来夏令营之前，我就已经很明确了我需要解决的问题，就是如何做一名班长。夏令营期间，我的多数问题与讨论也都围绕这一主题展开。大一一年，困扰我最多的事情就是班里的工作。朋友说，即使我辞掉班长的职务，我依然可以在学校里混得不错。但是，即使让我放弃掉很多学院里、学校的事情，我也不希望辞掉班长一职，除非大家表决把我拿下。我也说不出原因在哪。很多时候，人的行为结果与主观动机会有很大的差距，我希望把班带成年级最好的班，我会为班级做很多，但结果并不如意。我也意识到方法的问题，但是如何解决，我并不太明确。我会大包大揽，我会给大家提一些要求，我会带头去努力争取各种各样对班级、对大家有意义的东西，但却往往又忽略了大家的能力范围和对这些事情的认识，偶尔也会引起很多人的不情愿。在我看来，很多看似没有意义的事情、大家都不愿意去做的事情，往往是最有意义的事情，而选择所有人都去拼抢的那条路，如此跟风，未必是一个好的选择。但是，个人的意志放到一个群体当中，真不是一件容易的事，即使正确，未必能得到想要的结果。

非常感谢露露老师对我的点拨。在优点方面真的是过奖了，但是在缺点上很中肯。不要对别人要求太高，很多建议固然很好，但是并不一定适合所有人，要学会对症下药，千万不能心急。要求高了，别人往往会做不到，自己难免会有不满的情绪，这样对谁都没有好处。同时要学会沟通，了解同学们需要什么，了解自己在工作中的主观目的与客观结果差距在哪，形成这些问题的原因又是什么。这些，我也曾意识到，沟通是成功的一大法宝，但我在驾驭这件法宝的能力上还稍显不足。我的自省就在这里，已经意识到自己有这方面的不足，但是做得依然不够好，只能说明是方法上存在很大的问题。特别是在对别人的要求上，只有沟通才会明白这样的要求是高还是低，应该如何去改进，如何提高大家的积极性。这其实也是很多人存在的问题，如果谁能在这个问题的解决上抓住先机，以后的路会顺畅很多。

自省的内容按照性质分应该有两个，缺点和优点。优点与缺点本质上都是特点，只不过，优点是特点积极化，缺点是特点消极化。一般情况下，我们会下意识地认为，自省，主要就是发现缺点并改正，但我们在发现优点、发扬优点这一方面，做得往往并不到位。有一个小故事，说上帝在每个人的身前身后都绑有一个口袋，前面的口袋里装的是优点，后面的口袋里装的是缺点，所以大家往往能最先看到自己的优点，却忽视缺点，或者说缺点需要别人去指出来。我本人并不是很同意这个小故事。优点与缺点并不存在自己所看到的顺序的前后问题，早发现与晚发现，如果没有行动，都没有意义，甚至优点也可能变成缺点，就像王安石笔下的仲永一样，这是一件比缺点泛滥成灾更可怕的事情。

关于发扬优点，我只想说，把可能变成可能，是很多人都在做的事情，而把不可能变成可能，才是真正有意义的事情。没有什么事情是真正的不可能，任何事情都可以做得很好，任何愿望都可以实现，只要你很想很想。在我们十五名同学中，有的已经取得了非常了不起的成就。比如胡建，已经当上了公司经理；王继升，靠奖学金与打工积攒了大学甚至研究生的学费，这样的成就在我们当中其实有很多很多，同学们也还有很多隐性的优点，或许只是我们没有说出来，也可能是没有发现。找到适合自己的路，找到自己的方向，不要求快，因为方向远远比速度更重要。朋友们经常会拿出网络上的人物专访来夸赞我，我会欣然接受，但是为此曾经做过的许许多多的事情，未必每个人都曾体会过。在追逐梦想的路上，注定很辛苦，也会有很多人的不理解，甚至反对。但是，请坚持下去。我很喜欢单弘江老师举的“兰花是让我陶冶情操的，而不是让我生气的”这个例子，套用一下，我们选择梦想，是让它来成就我们的，而不是用来毁灭我们的。在追梦的路上，失败了并不可怕，而如果轻言放弃，畏难不前，则是莫大的恐惧。

自省是一条漫长的路。在这条路上，我们永远不会知道前方等待我们的是什么。如果你累了，身体可以歇一歇，但是，注视着自己，心不要停。睁开眼睛，你看见的是眼前的天空；而闭上眼睛，你将看见整个世界！

时时刻刻，不忘自省。看看过去的自己，比一味低头向前走，更重要！

祝好！

一个理性的疯子

2017年4月24日

重读《我骄傲，我是 23 班人》

亲爱的你：

我很少全文引用别人的文章，但竞飞当年写的这一篇，我实在是太喜欢！

今日重读这篇文章，感慨万千。合上电脑，眼泪竟是扑簌簌地掉了下来，而自己也说不出究竟是源于怎样的情感，或许是情感太复杂，太难以用简明的语言文字来概括，故而只能将全文分享与你，希望你能理解我的心情，能帮我分析一下我的复杂的情感。

这篇文章我珍存多年，不知竞飞是否还留有当年的底稿，是否还记得这篇文章中的一字一句。如果他已经丢失了原文，这次也算是我行善积德了！

我骄傲，我是 23 班人

郭竞飞

今天上午最后一节课是体育课，上完课早已汗流浃背，匆匆吃过午饭就往宿舍赶，无奈我靠窗的床铺早被今天的烈日烤得滚烫，只好到邻班 24 班宿舍小憩。

24 班宿舍中午没什么人，我看到彭帅东在里面，就过去找他聊天。一会儿，从隔壁宿舍来了一个哥们儿，看着很眼熟，就是想不起是哪个班的。老彭给我们做了介绍后，我知道这位哥们叫余恩，27 班的。我说我叫郭竞飞，见过他多次，第一次是他来我们班打水喝。

老彭问余同学："你一个 27 班的跑 23 班打什么水喝？干吗不去 24 班呢？不近吗？"

余同学郑重地说："我懒得做无用功了，其他班有没有水我不清楚，但我敢肯定 23 班有水。我在 23 班考试过多次，每次人家班的前后水桶都是满的，别的班就不敢保证了。我很纳闷儿，23 班都是怎么分工的，人都那么勤快？后来无意中往黑板上一看，终于明白了，抬水人居然写着'volunteer'！但是我很诧异，23 班真是没的说，哪像我们班，每次因为打水而互相扯皮。"

老彭叹了一口气："我们班也强不到哪去，20 来个男生分成五六个组，有水还好，一旦没有水就互相埋怨！"

听到这些，我的心里早已激动不已。打水这点事在我们班真的不算什么事啊！我们每次都是积极主动去打水，经常会发生两人争桶的事。其实打水只是我们班的一个侧面，每逢学校的集体活动，我们班那才叫一个积极主动呢！我们班后墙上的奖状就是最好的证明。

老彭还说："人家老班就是豪爽，去年中秋节，人家老班开着汽车拉来好多吃的东西，苹果、核桃、月饼、牛奶等等，都给学生分了。上次考完试后，别的班都是看电影，只有人家 23 班老班掏出一张百元大钞买了那么多饮料和巧克力，举办了一场腕力大赛，那叫一个豪迈啊！"

正说着，又来了一位哥们。我问他几班，他说 25 班，并且问我是不是 23 班的，我说是。他说："我对民哥（老班）

仰慕已久了，上次看见你跟他一起跑步来着。你们老班真有激情。”我说：“那是必须的，我们老班的绰号就是‘激情小胖’，在他的潜移默化下，我们班同学个个有激情，都是那么自信。”

回到宿舍后，我躺在床上思绪万千。我想到了我们班那次的主题班会，想到了 10×400 米接力赛，想到了老班的公开课，想到了拔河比赛，每次都是大胜，我们 23 班是真正的王者。

一个激情的老班，一群活泼可爱与众不同的学生，几亿年的缘分才能组成这样一个优秀的班集体，我真的很骄傲。

距离高考还有 19 天，我们这个凝聚力极强的班集体也即将解散，但是我们23班的精神永远都不会散。团结、奋进、激情、豪迈，23 班精神会永远镌刻在我们每一位 23 班人的心上。

我骄傲，我是 23 班人。

竞飞的这篇文章，从他自己的介绍来看，属于典型的无心之作。但这篇无心之作，却处处有心、有情。当初竞飞写完之后，将文章交给了宋老师，宋老师大加赞赏，并在当天的自习课临下课时，向全班朗读了全文。时至今日，我依然记得那一天同学们的惊讶与赞叹以及无法再热烈的掌声。这掌声，既是送给竞飞，送给竞飞的这篇文章，更是送给 23 班，送给当时在座的每一位同学。可惜的是，当时竞飞请假回家，未能亲耳听到这掌声，这或许也是他高中的一大遗憾！

我读这篇文章的次数，丝毫不比他这位作者少，并且每每读来，内心总会有不同的感觉，时而发笑，时而潸然泪下。对于 23 班，对于当年的这些兄弟姐妹们，我有着太多的感伤与回忆，也有着太多的幸运与期待。当年的我们，并不只有欢乐与和谐，偶尔也会有纠葛与争吵，兄弟之间一言不合就翻脸，该出手时就出手，这些也无可厚非。但所有的事情，经过时间的沉淀，也都变成了美好的回忆。被岁月带走的情感，已经不需要刻意地去追寻；而大浪淘沙之后，经过岁月雕琢的真情，会更有韵味，挂在每一个人的心头。

以前，我从未想过自己能有一本专属于高中的独家记忆，总觉得那是只有经历过大风大浪的大人物才可以拥有的，因为他们有着无数可以讲来讲去甚至可以以此判定其人生价值的经历。但后来，随着自己高中日记的增多，随着朝夕相处的友情的加深，随着对高中生活一次又一次不断的回忆，我发现，所谓的人生百态，有时候就是一件件的小事，只是不同的人定义的分量不同。处在高中这个渐趋成熟却依然单纯的青春年代，如果你能把身边的人看得如自己的生命一般重要，那么你身边的一花一木、嬉笑怒骂，都可以成为人生中缤纷的记忆。当你把这一件件小事连缀起来的时候，闲暇时品味一番，你会发现，高中生活竟是如此的单纯而深刻、华丽而凝重。我们的人生，又是如此的相似。

——节选自《我的高中　序　我怎么想起写回忆录来》

一个理性的疯子

2017 年 4 月 28 日

咖啡的梦境

亲爱的你：

今天与你讲个浪漫的故事吧！

多年以前，一位爱尔兰都柏林机场的酒保，在酒吧里邂逅了一位美丽的空姐。自从第一次见面，酒保便深深地被空姐的气质与魅力吸引而对其魂牵梦绕。因此，酒保非常希望能够为空姐调制一杯他最拿手的鸡尾酒。但遗憾的是，空姐只喝咖啡不喝酒。为了能够实现自己的愿望，酒保苦心研制，终于将威士忌与咖啡完美地结合在了一起，这就是爱尔兰咖啡。当空姐第一次点爱尔兰咖啡的时候，酒保激动不已，他的眼泪也滴在了咖啡里，所以后来有人说，第一口喝爱尔兰咖啡，总会有一种忧郁的眼泪的味道。之后，空姐每次来，都会点上一杯爱尔兰咖啡。如是一年有余。后来某一天，空姐决定辞职，她来到这间酒吧时，将她要辞职的事情告诉了酒保。酒保转过身去，眼泪已经流淌不止。而他最后一次为空姐调制爱尔兰咖啡时，问了一句："Want some tear drops？"可惜空姐始终未能明白酒保这句话的含义。

空姐回到旧金山之后，突然又想喝爱尔兰咖啡，但是跑遍旧金山，也没有找到爱尔兰咖啡，当地的很多咖啡师根本就没有听说过这种咖啡。此时，空姐回忆起当年的许多细节，她才明白：原来，这款爱尔兰咖啡，是酒保特意为她研制的。此时的她，明白了酒保那句“Want some tear drops？”的含义。瞬间，她的眼泪夺眶而出……

关于爱尔兰咖啡的故事，有很多种版本，我讲给你的，是最为浪漫的一个。也是因为这个故事，我对爱尔兰咖啡产生了浓厚的兴趣。

不久后，我从市场上购得爱尔兰咖啡杯一套，还买了鲜奶与威士忌。按照从网上搜到的教程，我也像模像样地操作了一番，当时一不小心还炸了一个杯子。不过做出来的咖啡，不是咖啡味太重，要么就是酒味太重，尽管每次的比例都一样，但每次做出来的味道都不一样。后来做得多了，慢慢也熟练了一些，起码自己觉得，后来的成品勉强像是爱尔兰咖啡，而不是当初咖啡与威士忌粗糙的混合了。

学习制作咖啡，并不仅仅是为了咖啡的味道，更是为了享受制作咖啡的过程以及其中蕴含的诸多乐趣。我在大二的时候，开始对咖啡产生兴趣，陆陆续续地买了很多咖啡用具，朋友看到这些瓶瓶罐罐的东西，开玩笑地说我把宿舍搞得跟化学实验室似的。其实反复折腾这些瓶瓶罐罐，正是咖啡的乐趣所在，也是咖啡比茶所具有的更多的变幻姿态。美式、意式、爱尔兰咖啡、虹吸式咖啡、手冲咖啡我都有所尝试，最喜欢虹吸式咖啡，看着杯中的水在虹吸作用下不断上升，与咖啡粉混合后，再变换成咖啡逐渐降落，这一魔幻的过程比最终入口的咖啡，更有味道，更令人难以忘怀。而平时用得最多的，还是手冲咖啡。这一方法最简单、最省时，也最能酝酿出原汁原味的苦咖啡！

有人说咖啡是快节奏生活的象征，太多的白领在慌慌张张洗漱吃饭时，也不忘喝一杯咖啡，或是为了提神，抑或是完成一道日常生活必备的程序。也有人说咖啡是悠闲小资的代名词，在咖啡馆里点一杯咖啡，看书、聊天、休息，是一种莫大的幸福，很多咖啡爱好者也愿意花费大量的时间去制作一杯符合自己口味的咖啡。有人说咖啡是苦涩的，这种苦涩确实让很多不喜欢咖啡的人难以接受，以至于喝之前要加大量的方糖。也有人说咖啡是香甜的，因为咖啡的香味十分浓郁，入口时的苦涩，也是咖啡区别于其他饮料的独有的香甜。在每个人的眼里，咖啡以及咖啡所代表的生活方式，是不一样的。

咖啡有着极大的变幻空间。这种变幻，并非取决于咖啡豆的产地与类型，更多地体现在咖啡的制作工艺以及各种搭配。如果你喜欢苦咖啡，什么都可以不加，甚至还有Double Espresso这种专门为疯狂的咖啡鬼们设计的加强版咖啡。据说有人喜欢把浓咖啡与烈酒一起喝，这种感觉可谓是巅峰的刺激状态了。如果你不太喜欢过于浓烈的苦涩，可以在咖啡里加糖，与咖啡原有的苦涩进行一定的中和。如果你喜欢奶香，可以往咖啡里加入鲜奶、奶泡、奶沫等，而且还可以制作各种漂亮的拉花。其他如可可粉、抹茶粉等，也都可以与咖啡配合，产生意想不到的效果，就如爱尔兰咖啡那样的创举。郭德纲曾在相声里说："早上起床，喜欢来杯咖啡，加点香菜。"这个段子令人扑哧一笑，但仔细琢磨，天知道未来会不会真的有这种为了中国人的口味而打造出的中西结合的咖啡呢？如果有的话，这绝对是人类饮食文化中的一大创举。

也正是因着这些丰富多样的变化形式，咖啡在世界范围内得到了越来越多的人的青睐，渐渐地做到了"众口可调"。从这种变化多端的角度看，咖啡似乎略胜于茶。改革开放之后，尤其是社会主义市场经济体制建设开始后，咖啡在中国的传播越来越快，其影响力丝毫不逊于古老的中国茶。而据我所观，更多的人还是将咖啡当作一种提神的工具，其提神功效确实比茶更明显、更猛烈。较少的人会选择把咖啡当成一种休闲方式或者社交手段。一方面，咖啡的制作方式较茶更复杂、烦琐（不包括速溶咖啡），因茶只需热水一泡即可饮用。另一方面，中国人的骨子里，对茶的情感更深厚一些，茶本身也比咖啡更有文化底蕴，在中国的这片国土上，有着更强劲的生命力。

凡事有一利必有一弊。当年，为了解决咖啡豆过剩以及咖啡制作较为烦琐的问题，雀巢公司耗费大量人力物力，终于发明了速溶咖啡，这是人类咖啡史上的一大奇迹，也为咖啡在全球范围内的推广做出了巨大的贡献。尽管速溶咖啡确实有着极大的便利性，但反复的烘焙以及大量食品添加剂的运用，使得速溶咖啡失去了咖啡本身所应有的味道与乐趣。挂耳咖啡等新产品的出现，能够弥补速溶咖啡对咖啡味道的缺失，但很难再现制作咖啡的乐趣，也展现不出手工咖啡的美！

此外，我还想纠正一个人们常有的思维误区。我也不知道怎么得来的，说喝咖啡对身体健康很不好。但我确实很久以前就听说过。事实上，这一传言没有什么科学依据，反而很多最新研究成果发现，常喝咖啡对身体有着诸多好处。两种说法谁对谁错我也说不清，毕竟没有过深入的了解。但无论如何，适当才最重要。不管是咖啡、茶还是酒，只要适当地品味，都有好处。而再好的东西，过量了也都会适得其反。人参、鲍鱼吃多了，人的身体也受不了，是也不是？

我与你聊了这么多关于咖啡的乐趣与美，并非意在讨论咖啡与茶的优劣，更无意于帮你养成喝咖啡的习惯。我只是觉得，对于这一外来饮品，我们应该对它有一些基本的认知。把文化欣赏作为陶冶性情的一种方式，这种认知，既是对外来文化的包容，也是对本国文化的重要借鉴！

愿有一天，与你畅游梦境，共品咖啡之美！

一个理性的疯子
2017 年 5 月 6 日

要毕业了

亲爱的你：

近况如何？

我最近几天，明显感觉到有些累。一方面要忙着“天津市旅游条例修订”课题，另一方面又要准备毕业的事情，我也是有点焦头烂额了。今天，抽出点时间，还是想写一写。有可能，这就是我在河北工业大学的校园里写的最后一封信了。如此想来，怎能不感伤？

最近几天，天气还算不错，只是稍微有点热。天津的夏天都是这样，冬天冻得发抖，夏天热得要命。学校中间有一片湖，每次晚上从湖边走过，总会觉得一股潮气侵入全身的每一处毛孔，让人实在是不舒服。四年了，我对这种感觉已然习惯，但依旧不太喜欢。

不过这几天，我倒是有点留恋这种感觉，这也算是河北工业大学留给我的触觉记忆。今后到了其他地方，可能也会有相似的夏天、相似的湖，但这种感觉，却只会有表面的相似，而在人的内心深处大不相同。

是啊！时间过得简直是太快了！

2013 年 9 月初，父母、三叔三婶、南方，还有尚未出世的南茜，一起送我来到了天津。当时我们到得比较早，学校还不能入住，所以大家就一起在市里玩了一天。初来乍到，也不知道哪里有好玩的，只是记得晚上在津湾广场，看到了闻名遐迩的海河夜景。那一刻，我瞬间就发现了天津的美，城市的霓虹在灵动的海河里摇曳，威猛的高楼大厦躺在水波中，妖艳而又不失雍容。

第二天，闲来无事，便驱车去了清东陵，感受了皇陵的威武与磅礴。东陵里有不少的商家、旅店，我猜，店主们应该就是皇王守陵人的后代吧。尽管东陵里阴气阵阵，外人进来后，内心深处的敬畏之中不免也含着丝丝的恐惧，但对于他们来说，这里是家，是祖先们流到现在的血脉，而不仅仅是帝王的亡灵。临走之前，父亲还开玩笑地说："如果在这里的旅馆住一晚，弄不好还要做噩梦哩！"我想，噩梦倒不怕，万一香妃晚上来与我梦中相会，那才是甜蜜的恐惧呢。

第三天，他们就开车回家了。我独自去到学校，搬行李，收拾宿舍，办入学手续，认识新老师和新同学。

一切就这么井然有序地开始了。

中学教育与大学教育之间，有着明显的断层。中学时候，学生每天都只需要跟着老师的步子走，背书，做题，考试，如此反复循环即可。而到了大学，完全是一个新的生活方式，没有了约束与管制，就好像突然失去了手杖，走起路来都有些摇摇晃晃。因此大一这一年，最重要的就是为自己打造一根新手杖，从而让自己拒绝摇晃。而这根新手杖如何打造，因人而异。

总体而言，这一年有趣而忙碌。开学之初，《给室友父母的一封信》让我受到了很多人的关注，这也算是我大学的起点。班长的工作烦琐又揪心，把我折腾得够呛。而校报，这个无意之中出现在我的世界里的组织，却在我的世界里占据了重要的位置，助燃了我的兴趣，唤起了我的激情。随后在人文知识竞赛中，结识了一群志同道合的伙伴，在一个工科大学里，这样的机会着实难得，我也为自己的走运感到庆幸。心理剧的参演要了我的亲命，从老师到同学，大家都为我捏了一把汗，不过还好，坚持到最后，也算是有了不错的结局。总之，这一年，参加了太多的学生活动，有些是发挥自己的优势，参加起来得心应手，也有的是赶鸭子上架，怀揣着“我是流氓我怕谁”的心态，磕磕绊绊地前进着，毕竟“脸皮厚”，才能“吃个够”。专业课成绩虽不太靠前，但也没有落下，而且还拿到了奖学金，勉强算是考试之前通宵达旦拼命的胜利果实。学年结束后，还去承德参加了“中国梦·学子行”夏令营，结识了省内各个高校的老师与同学，他们在我的生活中都有着重要的角色。

如果说大一这一年，是为了让自己不再摇晃；那么大二这一年，就是要让自己走得更稳。这两年的生活，从表面上看，并没有太大的差别，如果有的话，那就是大二的时候，对学习成绩看得更重了，投入的时间也更多了。学生活动与工作虽然依然不少，但已经有了质的变化。在班级工作当中，我吸取前一年的教训，努力让自己从班委会的“前锋”和“保姆”变成班委会的“主帅”，这一点我在之前跟你提起过的，不知你是否还记得。而在校报中，我也在努力尝试打造一个全新的副刊部，尽管这一转变付出了很大的代价，而且牵扯了我和其他三位部长相当大的精力，但我坚信这一步是值得的，也是必须要有的。当我离开校报的时候，我很自信地说，副刊有着让别人艳羡的成功与骄傲，但也有着无法愈合的伤口。时至今日，我还在思考这一系列的问题，希望类似的矛盾可以最大限度地减小。有机会的话，我们也可以一起探讨。大一在学习成绩上的惨痛经历让我在大二这一年绝地反击，终于在学年末拿到了一个不错的成绩，这也是我大学四年中，学习成绩最好的一年。总的来说，大二的苦与甜，都极致得让我难以忘怀。

大二结束的暑假，我下定决心，离开了校报，并且在辅导员的同意下，辞掉了班长的职务，以弥补前两年在读书学习方面的不足。除了必要的学生工作，我尽量将与学习无关的事情推掉，包括与朋友们的聚会玩耍。大三这一年，过得确实很压抑。为了争取保研的机会，前半年我把绝大多数的时间放在专业课学习上，备考时的疯狂让如今的我都有点难以想象。后半年同样如此，学习的热度持续升温，而且还要花大量的时间去准备夏令营以及各高校的推免。本来状态不错，只恨万恶的“2016 欧洲杯”在期末前夕到来，自认为定力不错的我终究没能抵制住足球的诱惑，拜倒在欧洲杯的“石榴裙下”。该学期糟糕的期末成绩也便成了我为此而付出的巨大代价，险些阻断了我的研究生之路。还好，上辈子修来的德这辈子都变成了我的福分，升学之路并未遭遇滑铁卢。朋友们看到了最终不错的结果，但其间的教训与幸运，却只有自己最清楚。

大四上半年，学业上轻松了不少，但从未闲着。前半年，一边帮着老师们做了不少学院里的工作，一边完成剩余的几门课，还在律师事务所进行了实习。后半年最主要的，就是写毕业论文，还参与了《天津市旅游条例》的修订工作，这让我对法律法规的制定与修订有了全新的认识，收获颇丰。其实我一直想着，这一年是不是应该为研究生生活做点什么准备？但由于种种原因，终究是耽搁了。这可能也算是大四期间的一点点遗憾吧。

天马行空地想，啰啰唆唆地写，简直有点不知所云。但我很清楚，回忆很甜美，但是时间不会有丝毫的怜悯，甚至眼下的这段日子里，它会毫不留情地越走越快。今天，随着文字的增加，我也越来越感到恐惧。能在学校里生活的时间，真的已经不多了。之前一直希望早点毕业，早点开始新的生活，但真到了毕业前夕，又觉得当初的好多想法实在是太愚蠢，对手中的财富不知珍惜。地球上的最后一滴水，可能真的是眼泪。

好多的期待，还没有等到，人却就要走了。河北工业大学的图书馆，早已拔地而起，却迟迟未能投入使用，几乎成为接连几届学生的谈资——“我可是看着你长大的”。亨顺广场的店铺，有的生意红火，想进去都还得排队；有的冷冷清清，老板换了一个又一个，带着起死回生的期冀，却总是凳子还没焐热就赔得唉声叹气。行政楼的大厅里摆着体育馆和游泳馆的设计模型，而大片的空地上，依然看不到动工的痕迹。东南角的红色大楼盖得很快，前些天还跟佳伟一起去“视察”了一番，听他讲了些打地基、设计结构、施工等我听不懂的工地流程，不过现在大楼还没有竣工，想必红桥校区的兄弟姐妹们比我更加期待它的怀抱。

好多的事情，还没有做完，人却就要走了。西区食堂的很多菜，我还没有吃过，就已经没机会了。旧食堂二层的旋转小火锅，看着挺有意思，却不知道滋味如何。校园里有几栋学院楼，我都没去过几次，尤其是特立独行的能环学院楼，我一次都没进去过，尽管每次都对门口的太阳能电池充满好奇。一直想着哪天有机会了去北洋时光咖啡馆静静地坐一下午，即使是无聊地发呆也好，可总是没找到合适的时间。亨顺广场新开了几家不错的餐馆，还没有机会去尝一尝，这几天想去，不过人太多，只得望而却步。

是的，餐馆人太多了。

每年毕业季，都是如此。每天晚上，走在学校的路上，经常能看到醉醺醺的同学。有的人酒量很好，但是毕业前夕却控制不住自己；有的人平日滴酒不沾，这几天却也开启了第一次。毕业之前，任何人所做的任何事，都可以理解；大学四年期间的任何恩怨，在毕业之时，也都会烟消云散。毕业之前，校园里的一切事情还算是现实；而毕业之后，校园里的一切，也就变成了回忆。毕业证书下发的那一刻，我们也就从同学，变成了校友。这就是毕业的力量，在某种程度上，也是毕业对于每个人的意义。

天色已经很晚了，我不能再写太多。如果继续写下去，明天早晨就起不了床了。接下来的几天，依然是十分——也可能是更加——忙碌的几天。但我还是很想忙里偷闲，在校园里多走走，多看看，让自己的足迹留得再多一些，再广一些，也让自己的记忆，再深一些。

我很喜欢学校的湖，这是学校里最灵动而雅致的风景。每当我烦闷或无聊的时候，我都会坐在湖边的台阶上，偶尔也会喝上三两罐啤酒。而很多次，我都会把啤酒往湖里倒一点，给湖里的鱼儿尝一尝，以此来结交我的新朋友们。毕业之后，这样的机会也就没有了。不知多年之后，当我再次回到湖边，鱼儿是否还认得我，那个曾经试图把它们灌醉的家伙。

可能，到那时候，湖里的鱼儿，不是它们，而是它们的后代吧！

晚安！

期待下一个天亮！

附：

南山南

（河北工业大学版）

原曲：马頔

填词：南凯、刘欣竹、宋扬、孟鑫鹏

演唱：武嘉炜、李思潼

你在北洋的桃花堤　春色旖旎
我在熙园的枯枝下　寒风凌厉
如果红尘梦里解风情
茫茫人海中遇见你
就把青春　镌刻在钟楼里

可曾见过逆流而上的骄傲
孤独的梦在纷扰荒芜中缠绕

谁在诉说勤慎公忠的故事
看见生命在岁月之中眺望

我把世界留给你我的回忆
漫延到不可触及的距离
时光断了翅膀　路在何方
就算你的背影消失人海里
我也要留住你的痕迹
就任钟声　偷走了
流年

天空想起工学并举的歌谣
元光路上春风化雨桃李芬芳
世纪流转故事变幻成誓言
我把青春献给我追梦的故乡

你在北洋的桃花堤　春色旖旎
我在熙园的枯枝下　寒风凌厉
如果红尘梦里解风情
茫茫人海中遇见你
就把青春　镌刻在钟楼里
直到春天　再一次　远去

声声慢　滴滴醉
年少愁滋味
桃花飞　北洋美
岁月有何悲

声声慢　滴滴醉
年少愁滋味
桃花飞　北洋美
岁月有何悲

一个理性的疯子
2017 年 6 月 2 日

宿　命

亲爱的你：

昨天和几个朋友一起吃烧烤、喝啤酒，地点还是选在了老家建设路与健康街的交口处。这里是沙河烧烤最火爆的地方，每年夏天，夜幕之下，总会有很多人来这里狂欢。

我对这个地方有着复杂的情感，绝非因为食物的味道，而是几年前在这里的一次让我难以忘却的经历。而几乎每次到这里，我都会想起当年的那件事，想起当年的那个人。

宿命是灵魂的哭痕。独自享受一段静谧的时光，是人生不可多得的礼赞。沉静在悠然的夜空下，看见的不只是这纷杂的世界，更是前世今生孤独者的宿命。

忙碌之余，我喜欢一个人，听听音乐，散散步，或者坐在马路上喝几杯啤酒，这是休闲的绝好方式。路灯照亮了我的舞台，汽笛声为我的思考赋予极妙的伴奏，来来往往的行人是我最忠实的观众。

那一天，我坐在烧烤摊上。一个人，几杯啤酒已经下肚。不远处，传来一阵歌声。我循着歌声的方向望去，是有人在唱歌为生，但离得远，看不太清。

大约过了十五分钟，她走来了，绕着烧烤摊转了一圈。或许是因为羞涩，她并不敢在顾客旁边说太多话。有人点歌她就唱，十元一首，没人点歌，她也不打扰。

一圈之后，她离开了，没什么收获。

我叫来服务员。

“她经常来这里吗？”

“对。有时天天来，有时四五天来一次。”

“点歌的人多吗？”

“不一定，多的时候一晚上能有五六首，少的时候一首也没有。跟我们的生意也有点关系。”

“有闹事的吗？”

“偶尔有人喝多了说几句胡话，别的没什么了。”

“你能帮我把她叫过来吗？”

“好！”

大约过了十分钟，她在邻摊上唱完之后走了过来。拖着一个大大的音箱，吉他的背带比她的肩膀还要宽。白色运动鞋，脚不大，牛仔裤，浅灰色T恤，没有首饰，脸上没有笑容，但在灯光下却不失俊俏。

我看过她的歌单，有些我听过，有些没有。

“就唱你最拿手的吧！”

她唱得并不算好，吉他弹得也不太吸引人，从头到尾她只是抬头看过我一两眼。但我从她的歌声里，听到了许多我不曾体会过的伤感。

我手拿酒杯，显得很绅士。

很多男孩子在女孩子面前都会这样。

我很想为她再去拿一个酒杯，但是没有。

一首歌三四分钟。我本想问一下她的名字与电话，但这很不礼貌，对于一个陌生人。一个女孩子，她需要很小心。

我向服务员借来纸和笔，写下了我的名字和电话，很恭敬地递给了她。她双手接过，看得很仔细。

我交完钱，她走了。

那天晚上，我是她最后一个欣赏者。

我喝了很多，但我也不知道醉了没有。

后来，我再没有见过她，也没有接到过她的电话。

有人说，病床上的女孩往往是世界上最漂亮的。

或许吧！

我不知道。

一个理性的疯子

2017 年 7 月 3 日

非遗的眼泪

亲爱的素未谋面的你：

我曾多次与你提及非物质文化遗产，这些老祖宗们的智慧，是当之无愧的民族瑰宝。作为一名法律人，我也非常希望非物质文化遗产及其传承人们能够得到法律切实有效的保护。尽管2011年国家出台了《中华人民共和国非物质文化遗产法》，这部法律在我国非遗保护的历程中，有着里程碑的意义。但单纯的一部法律远远不够，倘若缺失了其他相关法律的配合，非遗不仅无法得到法律的保护，反而有可能受到法律的伤害！

前段时间，在我们的邻市——石家庄，就发生了一件令人痛心不已的事情。

石家庄市赵县（因赵州桥而闻名于世）杨家庄村的“五道古火会”是当地非常古老的一项习俗，也是当地所特有的一种民间信仰。每年正月十五，杨家庄的村民们都会举办庙会，烧香、拜庙、走亲访友，最热闹的，则是晚上的焰火表演。“五道古火会”焰火表演所使用的“梨花瓶”烟花，并非从市场上购买，而是由79岁高龄的村民杨风申老人按照流传多年的古法亲手制作。从当年接手焰火重任，到如今，已有二十多个年头，老人业已成为“五道古火会”的象征，也在多年前被评为省级非物质文化遗产“五道古火会”的代表性传承人。可就在2016年，老人像往常一样在自家院子里制作烟花时，被赵县公安人员带走。公安人员还当场查获用于制造“梨花瓶”的火药15千克、“梨花瓶”成品200个。今年4月，赵县人民法院根据《中华人民共和国刑法》，以非法制造爆炸物罪判处杨风申有期徒刑四年零六个月。杨风申老人不服，已经提起上诉，案件还在继续审理之中。

对于一审法院的这一判决，太多的人感到惊讶与不满。

杨风申老人有着太多的疑问。他一只手上，拿的是“非物质文化遗产代表性传承人”的荣誉证书，另一只手上，拿的却是以非法制造爆炸物罪被判处有期徒刑四年零六个月的刑事判决书。一个天上，一个地下，老人已然不知道，哪里才是自己的归宿。

杨风申老人的儿子杨现波，本来还打算传承父亲的衣钵，跟着父亲学习这门古老的手艺。此事一出，杨现波的念头发生了动摇。这样一门手艺，还能不能传下去？古老的手艺人，究竟是文化的“守艺人”，还是社会的“犯人”？

杨家庄村的村民们也表示，这一年的年味儿淡了。每一年的正月十五“五道古火会”的“梨花瓶”焰火表演，从来都是村民们最主要的期盼。现如今，这唯一的期盼都没有了，以后的正月十五“五道古火会”，可能就要黄了。

看到这里，你做何感想？

作为一名法律人，我不仅会对古老的艺术与现代社会生活之间的冲突感到迷茫，更对我国法律之间的冲突感到痛心与无奈。

类似杨风申老人的这种困境，已不是第一次出现。2008年2月，浙江省泰顺县年逾六旬的老人周尔禄被评为国家级非物质文化遗产“药发木偶戏”的代表性传承人，而同年，与代表性传承人荣誉证书相伴而来的，竟是泰顺县公安局的拘留通知书。最终，泰顺县人民法院认定周尔禄构成“非法制造爆炸物罪”。尽管免于刑事处罚，但这一“罪民”的身份，让太多的人难以接受。

无独有偶，同年于河南省上蔡县，一位名叫李炳福的民间艺人，在表演河南省非物质文化遗产“官会响锣”时，因按照传统土方自制火药并使用枪锣道具“三眼枪”而被公安机关逮捕，最终被驻马店市中级人民法院认定“犯非法制造、买卖爆炸物罪”，判处有期徒刑三年。但李炳福远没有周尔禄老人的幸运，他在河南省周口监狱度过了这段漫长而又痛苦的时日。“三眼枪”在“官会响锣”中，起的是鸣锣开道的作用，但自打这件事情发生之后，“三眼枪”就不再使用。

周尔禄与李炳福的事情发生在同一年，相信在当时的审判中，相关人员或多或少地也知悉一些彼此的进度与观点。两者的最终判决都是有罪，李炳福还因此不幸入狱。这两个案件在当年都引发了法学界以及文化界的诸多思考，但似乎未能根本性地引起人们的重视。

2011 年，《非物质文化遗产法》出台。如果说周尔禄和李炳福的案件因发生在《非物质文化遗产法》出台之前而难以受到相应的保护，在一定程度上情有可原，那么杨风申老人的案子，这个理由就有些说不通了。《非物质文化遗产法》对非物质文化遗产及其代表性传承人的认定、保护、传承等，进行了必要的规定，从法律层面肯定了其独特的文化价值。该法本身无法对与非遗相关的刑事犯罪进行过多过于细致的规定，这是我国法律体系的一项重要特征。但《非物质文化遗产法》第四十二条明确：“违反本法规定，构成犯罪的，依法追究刑事责任。”这一规定本身无错，可是，对于“符合本法规定，构成犯罪的”，又应当如何处理呢？这一假设看似矛盾，但杨风申、周尔禄、李炳福三人，不都掉入了这个矛盾的坑里吗？所以，这不是假设的矛盾，而是目前法律中，实实在在就有的矛盾。

正如先前所说，杨风申老人一手拿的是非物质文化遗产代表性传承人荣誉证书，另一只手拿的是非法制造爆炸物罪刑事判决书。荣誉证书表现的是《非物质文化遗产法》的认可与保护，而刑事判决书又是借《刑法》而实施的国家判定与惩处。这样的矛盾，是文化与法律的矛盾，还是法律与法律之间的矛盾？这样的矛盾，究竟是谁之过？这样的矛盾，又应当如何解决？今日杨风申被困在矛盾的牢笼之中，而明日的刘风申、张风申、李风申，又应该如何保护自己？如何才能让自己成为文化的“守艺人”，而不是社会的“犯人”？非遗的眼泪，非遗人的眼泪，谁来擦干？谁又能让眼泪从此不再流淌？

这样的疑问，太多太多。

作为一名法学人，我竟是如此渺小！

一个理性的疯子

2017 年 7 月 4 日

华阴老腔，我为你喊

亲爱的你：

今天认真地欣赏了《给你一点颜色》和《华阴老腔一声喊》，我的眼眶，居然湿润了！

猴年春晚的舞台上，谭维维与众位老艺人们一起表演的歌曲《华阴老腔一声喊》，可谓是震翻全场。第二天打开网站，关于华阴老腔的搜索一夜间暴增。质朴的歌词，粗犷的唱腔，爆裂的嘶吼，原始的表演，华阴老腔在春晚的舞台上，向全世界展现着它的魅力。

作为我国第一批国家级非物质文化遗产，华阴老腔的艺术价值毋庸多言。但是，来自黄土地的声音，却一直未能让更多的人听到，以至于它的声音越来越小，这一古老的剧种，甚至可以说这一古老的民族摇滚乐，濒临失传。2015 年 12 月 5 日，歌手谭维维在东方卫视《中国之星》节目中，将流行摇滚乐与华阴老腔结合，打造出了一首震撼人心的《给你一点颜色》。今天是我第一次听到这首《给你一点颜色》，歌曲尚未结束，我的眼眶就已经噙满了泪水。

能够夺我泪水的歌曲，太少了！

从一个非专业人士的角度，我并不懂得如何评价这首歌曲，甚至我想要描述一下这首歌对我的触动，我都觉得语言太卑微、太乏力、太渺小。这首歌曲也得到了现场观众的高度认可，全场 300 人，这首歌曲得到299票，这也是《中国之星》自始至终所有歌曲中票数最高的一个。

从《给你一点颜色》到《华阴老腔一声喊》，从濒临灭绝的古老艺术到全国人民拍手称赞的酣畅表演，华阴老腔的逆袭，绝对称得上非物质文化遗产传承中的奇迹。陕西的黄土地，雄浑壮阔，黄土地上的人，慷慨激昂，黄土地培育的旋律，朴实震撼。从华阴老腔的这些特点来看，赋予它“中国最古老的摇滚乐”这一称号并不为过。但古老的艺术，总有着与时代潮流逆行的悲剧，因此，尽管华阴老腔的艺术价值无可替代，但一直未能走入更多人的世界，直到谭维维，直到《给你一点颜色》，直到《华阴老腔一声喊》！

对于中国许多传统的剧种，如京剧、豫剧、秦腔、黄梅戏等，我们总是心生敬畏。我们一直以中国古老的文明为傲，提起这些中国独有的艺术形式，我们都会产生一种内心深处的景仰，也都会把他们当作永不磨灭的荣耀。然而，残酷的现实在现代的人与古老的艺术之间，划下了一条巨大的鸿沟，这条鸿沟让我们能看到古老艺术的光芒，却又让很多的人难以走近，不愿欣赏。文化的生命在于传承、在于发展，在这个只有崇敬却没有欣赏的世界里，古老的艺术渐行渐远，自然也就成了趋势。

一个具有生命力的文化，既要能让人崇敬它，又要能让人接受它。古老的艺术，基本上符合前者，但总体上难以做到后者。这是古老艺术的悲怨，却也是它的优势。说是悲怨，因为未能走进更多人的世界；说是优势，因为它已经站在了文化的制高点上，这比打造一种全新的、具有生命力的文化，要容易得多。《给你一点颜色》和《华阴老腔一声喊》的震撼与成功，得益于古老的艺术与现代的摇滚之间，一次完美的结合。这样的结合，让国人对华阴老腔的崇敬、对古老的民族艺术的崇敬，搭借着摇滚乐的流行动力，奔向了国人的内心深处，展现了古老艺术的潮流之美。

流行音乐的不足，在于缺少恒久的文化积淀。而流行音乐在我国发展，一个巨大的优势，就是拥有数千年积累下的文化资源，这也是新时代文化发展的巍峨靠山。流行音乐若想发展，未必应该一味地向前看，更应该努力地扭过头来向后看。前面的文化是未知的，具有刺激性与挑战性；而我们身后的文化，是大浪淘沙后的积淀，具有无可比拟的力量。这样的力量太多而发现太少，可一旦发现，必当气壮山河！

就像古老的华阴老腔，长在黄土地的角落里，却震撼了整个中国！

一个理性的疯子

2017 年 7 月 10 日

锅巴菜

可恶的馋虫：

难道你就抵制不住对美食的渴望吗？

离开天津之后，第一次竟如此想吃锅巴菜。真恨自己当初在天津之时，没有去多吃几碗！

锅巴菜，既是汤，也是菜，在天津话中为“嘎巴菜”，是独属于天津的一道美食。煎饼果子本也是天津的一大特色，而锅巴菜相当于是泡着吃的绿豆煎饼。将小米和绿豆磨成浆后摊成煎饼，工序与煎饼果子相似。摊好后，将煎饼切成细条晾干。吃的时候，把煎饼条泡在事先熬好的卤子内，配上碎豆干、芝麻酱、韭花、豆腐乳、香菜等，一经搅拌，香味便扑鼻而来。

罗马并非一日建成，美食也并非一日发明。锅巴菜的确切产生方式已经很难还原，但一种比较流行的说法是，当年山东人比较喜欢吃煎饼，不只是大饼卷大葱，也会将煎饼泡着吃。后来，移居到天津卫来谋生的山东人把这个习惯带到了天津，再加上一系列的加工改进，锅巴菜逐渐形成。所以，按照这种比较通行的说法，锅巴菜的源头，应该是山东，其并非“天津土著”。但为什么锅巴菜盛于天津，我也不明就里。

锅巴菜的名称来源，据说与乾隆爷有关。《大福来赋》写道：“御河西湾，因高而盛，张姓伉俪，蜀黍煎饼，以飨饥客。乾隆南巡途经此地，巧妇炊竭无以为继，饼慧煎嘎辅汤敷衍，帝王随仆饕餮甚欢，遂钦赐名曰嘎巴菜。”这位张姓店家名叫张兰，据说还是水泊梁山好汉菜园子张青的后人，在制作煎饼方面颇有手艺，他也是大福来的创始人。

锅巴菜得名之后，在天津声名大噪，诸多店家也纷纷效仿。作为锅巴菜的鼻祖，大福来当然不能故步自封，也在不断地改进制作工艺，并依据天津人的口味对原有的制作工艺进行调整，逐渐形成了如今市面上常见的锅巴菜。

天津的小吃很多，最有名的当数“天津三绝”——狗不理包子、十八街麻花、耳朵眼炸糕。后来模仿狗不理包子，还出现了“猫不闻饺子”，号称天津“第四绝”。“天津三绝”的名气太大，以至于外地人很少有知道锅巴菜的。但在我看来，麻花、包子、炸糕，全国各地都能吃到，并且各具风味，不太具有天津的独特性。而锅巴菜，算是绝无仅有的了。离开天津，在外地很难再找到锅巴菜的身影。从这个层面看，锅巴菜才算是真正的“绝”。

第一次吃锅巴菜，是刚刚到天津的时候。那时与父母、三叔三婶、妹妹一起在一条小吃街上吃早点，无意中尝到了锅巴菜，当时觉得味道不错，但实不知这一不起眼的早点，竟然有如此大的影响力，甚至当时我连锅巴菜这个名字都没记下来。

第一次吃大福来的锅巴菜，是与校报的几位同学一起。我也不记得当时是谁的号召，自下地铁到红桥区大福来，还走了好一段路。当真不虚此行，大福来锅巴菜从那一天起便给我留下了深刻的印象，不只是锅巴菜，还有很多传统的早点，如面茶、小豆粥、什锦烧饼等。而后，每一次经过大福来的店铺，我必会进去吃一碗锅巴菜，这俨然成了一条铁的纪律。

当然，作为一道地方风味小吃，锅巴菜并非大福来的专属。走在大街小巷，随处可见锅巴菜的身影，主要是在早点铺子上。北方的早点铺子都比较粗放，但这绝掩盖不了锅巴菜的美味。无论是匆匆忙忙的上班族，还是悠悠哉哉的退休老人，无论是西装革履、衣着靓丽的俊男靓女，还是一身灰尘、粗布衣装的行路人，一旦上了锅巴菜的贼船，就算是“毁了”自己，因为总会抑制不住去吃一碗的冲动，甚至在人多的时候，还得大排长龙，好不容易买到一碗，也找不到座位，只能是站在一旁端着吃。或许，这样的姿势，能够让锅巴菜的味道，再浓郁几分。

最后一次吃锅巴菜，不记得是什么时候。离开天津还没多久，锅巴菜的余香萦绕在我的嘴角，还尚未散尽，我就又想念美味的锅巴菜了。而今天，竟是莫名强烈地想念。在天津时，是“身在福中不知福”，离津之后，就只得感叹“早知今日，何必当初？”

如果有机会再回天津，一定过把瘾，多加麻酱、多放辣椒、香菜，把这勾我馋虫的锅巴菜，狠狠地吃它几碗！

怀念锅巴菜

锅巴加汤就是菜，除却天津无处卖。
绿豆煎饼切成丝，素汁腐乳香味怪。
只恨当初没吃够，一天三碗才豪迈。
今日想起锅巴菜，谁能让我朵颐快？

随口“吐”出打油诗一首，不敢再写了。我怕再写下去，看什么都成锅巴菜了！我还是去吃点“人间烟火”吧！

哎，没出息的自己

2017年8月19日

方言是文化的活化石

亲爱的你：

今天在网上看到了一个很有意思的观点，我也想跟你分享一下。

这位朋友说，很多地方戏剧的衰落与普通话的推广有一定的关系。由于普通话在全国范围内推广，方言的发展受到了严重的影响。而地方戏剧本身就带有浓厚的方言色彩，因此，在方言衰落的情形下，地方戏剧的传播与发展在语言基础上也便受到了一些阻碍。

这个观点不无道理，但我今天主要想谈的并不是戏剧的兴衰问题，而是由他的这个观点所想起的方言。

最近经常看到朋友们在微信群里发沙河方言与普通话的区别，比如，“光捻 = 表面光滑，泽亮 = 背部，正当冲 = 正中间，娘欧 = 妈妈，过套儿 = 胡同，砸衣裳机 = 缝纫机，娶秀的 = 娶媳妇，省捡类 = 过分的节约，吭气唉 = 说话呀，盐碎 = 香菜，不吕须 = 没注意，面鱼的 = 煎饼”，这里面等号之前是沙河方言，等号之后是普通话，如果不加解释或者不加引读，外地人是绝对看不懂的，而能够原汁原味儿地读出来这些词语，必然就得是地地道道的沙河人了。

前几天，南金紫的鼓队在邢台市国际自行车赛上有一场表演。表演期间，一位记者问队员敲得累不累，这位队员说：“一听到鼓声，就越敲越有劲，再使类慌也不觉得使类慌！”我不知这位记者是不是沙河人，如果不是，他未必能够明白这句话的意思，因为“使类慌”在沙河方言中的意思是“累”，因而这句话意为“再累也不觉得累”。这句话体现了沙河人的热情、实在，也因这独特的表达方式而迅速在网络上传播，一时间都成了沙河人民的口头禅。一想到沙河有如此的语言骄傲，坐在电脑前敲打键盘的我“再使类慌也不觉得使类慌”啦！

这当然都是方言的趣事，而趣事的背后，有着深层次的文化原因。

方言，顾名思义，当然是地方性的语言。（从语言学的角度看，“方言”有着多种不同的含义，此处只从本国范围内方言最大众化的含义入手）但这里所说的“语言”，并非“汉语”“英语”这一范畴中的“语言”，而是同属于汉语语系的地方语言，它们有着共同的文字，只是文字的发音因地而异。如河北话、广东话、四川话等，文字相同，但是发音不同。汉字是中华民族的骄傲，也是秦始皇为后世所做的巨大贡献之一，如果缺少了全国统一的文字，那么中华文化的千年传承必然会受到挑战。但文字毕竟是客观的，落实在书面上，因而各地统一使用即可。而文字的发音深受各地区地理文化、交通状况、民间习俗等差异性的影响，古代的统治者们在文字上下功夫，尽管为了统治者的交流需要也会制定一些官方语言，但似乎没太听说过谁曾经努力推广全国统一的读音。在古代中国安土重迁、农耕文明的社会历史条件下，极力推广类似于现代普通话的语言也没有过多的意义。倘若秦始皇当年在“书同文”的同时也“发同音”并且坚持下来，没准如今的普通话就应该是邯郸话了。当然了，这只是个玩笑。

随着社会的发展，特别是现代交通方式的进步，地区间的融合越来越快，不同地区之间的人们交流也越来越多、范围越来越大。而由于各地语言差异明显，不同地区之间人们的口头交流遇到发音方面的障碍，故而十分需要一种在全国范围内可以通用的语言，以方便国内不同地区之间人们的交流。在此种情况下，普通话应运而生。从这个角度看，普通话是国家通过法律手段和行政手段确立的一种官方性发音方式，是一种便利交流的手段与工具。尽管其巧妙地融合了北京话与滦平话，但个人觉得，普通话还难以成为一门新的方言。

普通话是近代才正式出现的一个概念。新中国成立之前，关于国语、普通话的争论很多，也取得了巨大的进步，这些为中华人民共和国成立后我国的语言规范奠定了良好的基础。但由于政治动荡、社会不安等因素，普通话并未在全国范围内产生全面性的影响。新中国成立后，为了消除方言之间的隔阂、推进规范化语言文字的使用、促进地区间的交流融合，国家大力进行普通话方面的语言建设。1955年11月17日，教育部发出了《中华人民共和国教育部关于在中小学和各级师范学校大力推广普通话的指示》；1982年《宪法》第十九条规定“国家推广全国通用的普通话”；2001年《中华人民共和国国家通用语言文字法》正式施行，确立了普通话作为国家通用语言的法定地位，规定学校及其他教育机构通过汉语文课程教授普通话和规范汉字，广播电台、电视台以普通话为基本的播音用语。这一系列的历史节点，一步步地推进了普通话的传播与普及，让“请讲普通话，请写规范字”的观念深入人心。

不可否认，普通话在语言教学、汉语文化传承与传播、消除方言隔阂、便利沟通交流等发面发挥着不可替代的作用。如果没有普通话，同样讲汉语的东北人、四川人、福建人、广东人，大家凑到一起，彼此之间说着“外语”，估计只能通过写字来交流了。但普通话的推广，目前也出现了相应的问题，那就是在某些地区，特别是经济发展相对较好的城市里，普通话的使用频率已经超过了方言的使用频率。经济的发展与人口的流动引起普通话需求的增长，这一点毋庸置疑。但普通话的普及程度和使用频率超过方言，这就应该引起我们的重视了。

方言是文化的活化石，是地方社会习俗、地理风貌、历史条件等共同作用的结果，是地方文化的重要体现，也是区域内部成员彼此交互依存、表达情感的重要纽带。如果没有了方言，地方文化必然会丢失一道浓重的色彩，这不仅仅是地方的损失，更是整个中华文化的损失。正如中华人民共和国成立初期周恩来总理所强调，方言是中华文化博大精深的重要体现，是优秀传统文化的重要组成部分，推广普通话是为了消除方言之间的隔阂，但绝不是消除方言。普通话是一种行之有效的工具，应该在全国范围内推广；但在区域内，也应支持方言的研究与发展，必要时或许还应该对方言进行推广。

离家在外，在人群之中，如果能听到冀南一带的方言，我都会感到非常亲切。因为我知道，这位操着冀南口音的朋友，有可能就是我的同乡，即使不是，也是我的邻居。这就是方言的魅力，也是方言作为心灵沟通的纽带的重要价值体现。平日里，在与表哥表姐们一起组建的家族群里，我们也会经常性地使用方言来交流，“沙河话别忘喽”，这不仅是一件很有意思的事情，我想，也是我们这一小拨人为方言的传承与发展做出的一点点贡献吧！

所以，我们有必要时时刻刻地提醒着自己，也应该尽量用行动去感染周围的人，在学习普通话、学习外语的时候，不要忘记方言的学习。因为：

一句方言，能够让你在一个陌生的城市里，找到同伴，找到家的归宿！

顺祝近安！

与你同讲方言的我

2017 年 8 月 30 日

跋

致过去的我

年轻的我：

时间如箭，大学毕业已经是二十多年前。二十多年，我们浪费了不少时间，走过了一些弯路。记得我们小的时候常听的一首歌，其中唱道“再过二十年，我们来相会”。所以，现在我们应该好好谈谈了。如果你能认真听听我的反思和检讨，二十年后你可能就不用给自己写这封信了。

请尽量少交朋友、少参加聚会、少介入复杂的人际关系和派系，绝大多数你现在身边的人在二十年后都不会在你生活中，绝大多数你现在费心费力的人际关系和派系斗争在二十年后都不再存在。每当你因为某个人、某件事得意或者烦恼的时候，只需要想一下：五年之后，这个人、这件事还是否相关？如果不是，就放下，减少其所占据的时间。我们可以称之是我们个人的“五年计划”。这是一种快速的筛选和计算的方法：根据质量来筛选生活流中的真实，计算我们可以节约下来的时间。

与此同时，请认真地、全力以赴地培养一些永久的感情关系：核心家庭、亲人、挚友、师长，这些纽带会伴随你一生。对于这些关系，不要吝惜投入。人际关系和感情本来就是亲疏有别，必然会厚此薄彼：越长期的感情越需要维护。二十年后，甚至五十年后，他们还会是你的核心家庭、亲人、挚友和师长。

你需要多读小说来理解人性。好的小说是对人性的深刻观察、反省和总结，可以事半功倍地帮助你成熟。你读太多的历史，读太多的非虚构。事实上，“所有的历史都是当代史”，所有的历史都是“堂皇叙事”，所有的非虚构陈述实际上都是基于某个视点的猜测和拼合。而《红楼梦》、《儒林外史》、“三言二拍”，雨果、巴尔扎克、狄更斯、托尔斯泰、陀斯妥耶夫斯基、索尔仁尼琴、帕斯捷尔纳克、卡夫卡、乔治·奥威尔、奥斯卡·王尔德、简·奥斯汀、菲茨杰拉德、马克·吐温、君特·格拉斯、米兰·昆德拉、加缪、卡尔维诺、福克纳、斯坦贝克、菲利普·罗斯等等都比历史更真实，他们的书凝聚的是人生的真相。

请不要读当时的畅销书，不论是大众畅销书还是学术畅销书；不要因为需要打发时间而读书，不要因为被娱乐而读书。在二十多岁的时候，你所有读的书都应该让你思考、让你战栗、让你痛苦、让你好奇、让你想深入学习一个你没有接触过的领域、让你想了解一个完全不同的世界、让你想读更多的书。

除了必修的英语之外，再学一门语言。二十年后，你会后悔没有在记忆力最好的时候再掌握另一门语言。德语、法语、意大利语、西班牙语、梵文、藏语、日语、希伯来语、阿拉伯语等，任何语言的世界彼此之间都是平行的宇宙。当你用另一种语言思维和逻辑的时候，你进入了另一个完全不同的世界。“语言是存在的牢笼”，但“语言是存在的家园”。没有另一种语言能力，我们永远也不会知道我们不知道的事情，我们永远不能用另一个角度看待世界和看待自己。

请尽可能地去旅行：本地、郊外、全国各地，有可能的话去其他国家。越旅行，你越会发现不同国家的人、不同社会的文化太多的相似之处和太多的相异之处，你会逐渐明确你的文化身份，巩固、调整或者重塑你的价值观。越旅行，你越少偏见，越多容忍；越旅行，你越少抱怨，越多感恩。

最后，永远不要以阶级、性别、种族、国籍、宗教信仰、政治派别、性取向来划分、来理解、来对待不同的人，那些栏目和标签不会帮助你理解别人或者理解自己。无论男女，都可能是有趣之人或无趣之人；任何阶级里面都有善良的人和邪恶的人；任何种族之中都有睿智的人和愚昧的人；任何宗教之中都有圣徒和魑魅魍魉。

大学毕业的时候，老师对我们说过这样一句话："都说人生的目的是幸福。但到底什么是幸福？幸福就是能和你喜欢、尊重的人一起生活和工作，而且这些人也喜欢、尊重你。"你现在可能还不能理解这句话，但我保证二十年后你会理解的。

期待你的回信。

王昶